L'ÉDUCATION FÉLINE

Voici l'histoire de Nelson Ollala, fils de Léa, une chatte tigrée qui, prise dans un piège, donne difficilement naissance à six chatons. Nelson, un des trois chatons survivants, prend ses distances avec sa mère pour folâtrer dans la prairie. Lorsqu'il revient sur ses pas, il ne retrouve plus sa famille. Il ne connaît pas son père : Frankie un robuste matou noir qui se soucie plus de sa chasse et de ses maîtresses que de sa progéniture. Devenu orphelin, couvert de puces, désespérément seul, mais se battant avec courage pour sa survie, il se dirige alors vers le monde des hommes. Parvenu dans une cour où se déroule un copieux repas, il choisit parmi l'assemblée celle qui sera sa protectrice : Rita Canobbio, une femme d'un certain âge qu'Alexis Caponi, un vieil homme, vient d'épouser. Adopté par les uns – le vieux couple qu'il a choisi – il est la bête noire des autres – Aldo et Néron notamment, tueur de chats devant l'éternel. Chat sauvage avant tout, Nelson finit par reprendre le chemin d'une liberté qui est une épreuve autant qu'une découverte renouvelée. Depuis sa naissance tourmentée jusqu'au dénouement ironique qui signe son entrée dans l'âge adulte, Nelson inventera ainsi les gestes élémentaires de l'existence. Il doit nourrir son estomac et peut-être aussi son cœur ; il lui faut retrouver un père et pourchasser les hirondelles...

Ce récit picaresque, fortement coloré, constitue au plein sens du terme un roman d'apprentissage, et il n'y a guère de héros plus humain que ce chat sauvage évoluant de son pas silencieux dans l'ombre des hommes, recherchant leur protection, découvrant qu'on ne saurait leur accorder une confiance illimitée.

Bertrand Visage a reçu, en 1984, le prix Femina pour Tous les soleils.

Bertrand Visage

L'ÉDUCATION FÉLINE

ROMAN

Éditions du Seuil

TEXTE INTÉGRAL

ISBN 2-02-034959-0
(ISBN 2-02-022891-2, 1re publication)

« Si l'on peut croire, comme le croient des centaines de millions d'hommes, que nous vivons plusieurs vies, pourquoi ne pas croire aussi que dans chacune de nos vies nous sommes le lieu de rencontre de plusieurs âmes ? »

PAULINE RÉAGE.

1

On était en juin et, par une matinée de grande chaleur, une chatte ondulait dans la prairie. Entraînée par le poids anormal de son ventre, elle se déplaçait avec un curieux tangage, donnant l'impression de flotter entre les tiges. Son nez était une petite mouche rose thé, rendue luisante par la fièvre. Elle avait le souffle saccadé, conséquence de la lutte qu'elle venait de livrer pour capturer ce qui serait sans doute sa dernière proie avant le repos : une longue ceinture squameuse qui pendait en point d'interrogation de chaque côté de sa gueule, une couleuvre.

Un instant, elle se dressa verticalement au-dessus de la prairie, comme dans un geste de présentation de son ultime trophée, ou simplement pour annoncer qu'elle allait désormais se dédier tout entière aux préparatifs de la maternité.

Un vent de canicule se leva. La mer et ses poissons

avaient disparu d'un seul coup, étouffés, avalés par la brume farineuse qui bouchait l'horizon. Après s'être tenue toute droite comme une marmotte siffleuse, la chatte retomba en avant et poursuivit sa quête. Elle se dirigeait vers un ancien séchoir à tabac, évoluant avec lenteur, en chaloupant et zigzaguant, lorsque soudain un invisible obstacle, une sensation de gêne, d'hostilité et de froideur la contraignirent à s'arrêter. Étonnée par l'outrage, elle tira d'un coup sec sur la gauche, découvrant en même temps la double mandibule du piège d'où montait cette contracture qui la paralysait jusqu'au genou.

La chatte poussa un gémissement, puis elle se remit à tirer, elle secouait et crachait en s'arc-boutant désespérément contre le sol. Une heure entière s'écoula de cette façon ; ses pupilles étaient maintenant imbibées d'un liquide blanc de frayeur qui évoquait la paraffine. De temps en temps, elle cessait de lutter, regardait cet objet gris qui lui serrait la patte, avalait des gorgées d'air avec un petit spasme comme un cri de mouette, puis elle recommençait à secouer le menton dans tous les sens, mordant les touffes, bavant de rage, évidemment sans le moindre résultat.

La nuit de juin tomba sur la prairie. Les fantasmagories du sommeil consolèrent un instant la crucifiée ; en dormant, elle croyait voir se réaliser son vœu le plus intense, qui était de faire un pas, puis un deuxième, puis une multitude, mais, quand elle ouvrit les yeux, elle se retrouva moitié debout, moitié accroupie au milieu du pré, avec la rosée froide du petit jour qui coulait sur ses muscles et les transformait en plomb.

Le lendemain matin, un vent chaud parfumé de chèvrefeuille descendit des étoiles. La chatte resta clouée jusqu'à la nuit suivante, puis de la nuit jusqu'au matin encore. A côté d'elle, la couleuvre se décomposait, confiture brune envahie par les fourmis, et dont les relents sucrés l'affolaient.

Mais le troisième jour, une sensation presque joyeuse, une douleur bien connue commença à faire des cercles dans ses flancs. C'était là que les difficultés l'attendaient, car jusqu'à présent elle n'avait eu qu'à se laisser mourir peu à peu, mais maintenant il lui fallait pousser vers la lumière ses enfants.

Comment s'y prendre ? Au milieu de son cauchemar, la chatte bourdonnait de bonheur tout à coup, son museau se mouillait d'émotion. Les petits allaient bientôt sortir : il fallait absolument qu'elle s'étende sur le côté, elle devait s'allonger, mais cette attitude si naturelle était devenue impossible par le fait de sa patte prisonnière. Il fallait pourtant qu'elle s'allonge. Tout de suite.

La chatte examina avec calme cette situation sans précédent. L'allégresse continuait à l'étourdir, le rythme sourd des contractions heurtait par vagues dans son cerveau le dépit et l'infamie de la captivité. Elle en tirait une euphorie qui lui donnait tous les courages, un prodigieux goût de détruire. Alors, elle montra les crocs, plongea sa bouche entre les herbes et les racines, ferma les yeux et décida de s'amputer.

Dans le ciel de midi, le soleil étincelait et le vent de sucre avait retenu sa respiration pour entendre grogner la chatte, pour l'écouter chanter à mi-gorge tout en se rongeant. Pendant une heure, elle mastiqua les cartilages, la peau, le bulbe bleu des muscles tuméfiés, mais cette exaltation retomba d'un coup. Comprenant qu'elle n'y arriverait jamais, la chatte pleura tout bas sa peine, son regret et son impuissance ; et finalement, sans avoir pu s'étendre sur le flanc, elle mit au monde en milieu d'après-midi six chatons tout trempés, qu'elle observa d'une curieuse manière.

Les deux derniers lui parurent excessivement chétifs, à peine viables. Elle étira quelques coups de langue distraits, réfléchissant à leur avenir précaire, puis elle les dévora sur-le-champ.

Après cet étrange festin, la jeune mère à demi hallucinée par la soif et la fatigue se retourna pour contempler les enfants qui lui restaient. Ils étaient au nombre de quatre, et le hasard avait décrété que ce serait quatre mâles. Elle contempla leurs petites faces aplaties boxant autour de ses tétines, leurs minuscules oreilles rondes, elle détailla leur poil hirsute, les emblèmes de leur robe, c'est-à-dire les trois couleurs qui les définissaient : le jaune, le blanc, le noir. Car les quatre boxeurs étaient tigrés à l'instar de leur mère, mais ils n'étaient pas identiques entre eux. Chez les uns la nuance claire dominait, le jaune ou le blanc, alors que les autres se rapprochaient plutôt du pelage ténébreux de Frankie, le matou de la grotte.

Dès les premières heures de leur chaotique existence, la chatte n'arrêta plus de miauler au-dessus d'eux ; elle leur parlait dans son langage, elle les enveloppait d'une leçon obscure, répétée, suppliante. Infatigablement, elle dessinait la vie qui les attendait dans les prochains jours, lorsque son corps de chatte serait devenu plus sec qu'une paillasse. Car elle était persuadée de mourir bientôt.

– Écoutez, mes petits, écoutez bien ce que vous devrez faire…

S'exprimant lentement et dans un langage à leur portée, elle évoqua le village des hommes – les hommes dissimulés derrière leurs remparts, toujours en train de boire ou de ripailler –, les précautions qu'il fallait prendre devant eux, les attitudes à éviter, leur brutalité proverbiale, la pitié inattendue dont ils sont capables, et puis l'odeur de leurs trottoirs, le ciment chaud où il fait bon s'allonger au soleil.

– Oui, les trottoirs en ciment, la chaleur…

Elle miaulait même la nuit, sans arrêt, sauf quand

sa langue n'était plus humectée et restait pendue hors de sa bouche comme une écorce de bois.

– Les trottoirs au soleil…

Elle miaulait à tue-tête, et les quatre petits boxeurs l'écoutaient à peine, comprenaient vaguement sa douleur, retenaient plus ou moins quelque chose, même si en apparence ils ne songeaient qu'à la renverser sur le flanc pour s'abreuver d'elle.

Un des derniers matins – car tout ceci dura des jours et des jours –, la chatte regarda attentivement le plus clair d'entre eux, qui jouait au mépris de toute prudence avec sa moustache. Soudain, sans une parole, elle l'assomma et le mangea. Le vent des étoiles se remit à souffler. Il restait donc trois chatons.

Un soir où ils étaient excités par la faim, le plus sombre d'entre eux mordit par mégarde une oreille maternelle, mais aussitôt après, en croisant les yeux de la chatte, conscient de son erreur, il s'écarta à reculons et prit le large, décidé à ne plus revenir. S'était-il souvenu que ses défunts frères avaient été gratifiés du même regard juste avant d'être mangés ? Quel fut le motif de cette fuite ? Était-ce la saveur humide du crépuscule qui l'attirait et l'incitait aux aventures ? Le chaton s'éloigna et se mit à folâtrer dans les herbes avec une assurance dépourvue de préjugés.

C'était le plus noir, le plus vif et le moins docile des trois derniers, c'était également celui qui présentait la ressemblance la plus incontestable avec son père présumé, Frankie, le robuste matou formidablement laid, massif, pansu et amoché, accablé d'innombrables maîtresses dans le pays corse. Mais où était-il, le père, à cette heure-ci ? A ses chasses, probablement ; il se pavanait dans le crépuscule avec une souplesse de boa, ignorant de sa descendance, balançant sa grosse tête carrée.

La soirée s'annonçait idéale, et le chaton noiraud – que sa mère avait baptisé, qui sait pourquoi, Nelson Ollala – s'éloigna sur ses pattes tremblantes avec la désinvolture d'un héritier de bonne race. Étourdi par les senteurs de sève, notre héros tenta d'abord d'attraper sa queue, puis l'ombre de sa queue, jusqu'au moment où l'un de ses coussins griffus se posa par hasard sur une rainette des prés, une grenouille toute verte et prête à pondre, à peine plus importante qu'une punaise. Étonné du succès, il l'écrasa et la porta délicatement à sa bouche.

Le goût chaud et vanillé de la rainette devait l'accompagner ensuite toute la nuit, flottant dans sa poitrine comme un halo de lune fidèle et rassurant. Les narines dilatées, Nelson Ollala, fils de Frankie et de la chatte tigrée, poursuivit son voyage qui lui parut immense, se roulant dans les sillons imprégnés de musc, grattant les taupinières avec la fureur d'un chercheur de trésor.

Mais, au matin, le souvenir de la rainette s'évapora brutalement et la lumière du jour lui fit froid dans le dos. Pourtant, l'expédition l'avait comblé et fortifié, il retrouva sans trop de tâtonnements son chemin de l'aller. Il aperçut d'abord le coin d'herbe jaunie, presque rousse comme si l'on venait d'y faire un feu, il s'avança en gémissant de joie, ne doutant pas de retrouver ses frères, la fourrure de la mère chatte, sa langue brune et ses caresses qui flatteraient son corps engourdi.

Mais sur l'herbe, personne. Nelson eut un doute, pensa s'être trompé d'endroit, leva le nez en l'air comme si toute sa famille avait pu s'évanouir par les voies célestes. Est-ce que les mères s'envolent quelquefois ? Personne. Un soupir misérable glissa hors de sa poitrine, à peine un court sanglot où se mêlaient l'étonnement, le doute, l'espoir déçu, la solitude et peut-être un sentiment de faute. Avait-il eu raison de s'éloigner si longtemps, de partir si loin ? Où aller, à présent ? Qui pourrait bien vouloir de lui ? Le chaton se leva en chancelant, tourna ses yeux abrutis de lumière vers la découpe grise du village, se demanda encore une fois quel chemin mystérieux avait emprunté sa mère, et pour finir il se rappela les dernières paroles délirantes qu'elle avait prononcées, la dernière leçon pleine d'une indicible et voluptueuse nostalgie :

– Les trottoirs en ciment. L'odeur du ciment chaud…

Il se remit aussitôt en marche, convaincu que son salut se trouvait sur ces trottoirs, et décidé à chercher refuge auprès des hommes.

2

Nelson Ollala chemina pendant deux jours sur le bord d'une route en lacets. Il marchait en boitant de fatigue, se traînant comme une tortue tricentenaire, et très souvent il était contraint de s'aplatir sur une touffe d'herbes pour soulager un besoin urgent. Les coliques et les nausées faisaient bouillonner leur marée atroce dans son ventre. Nelson avait beaucoup changé en peu de temps. Lui qui avait passé une si belle nuit sous la lune, qui en était revenu avec un appétit étincelant et un grand amour de la vie, à présent il ne pouvait plus faire trois mètres sans se vider par toutes les extrémités. Le résultat était que son corps avait fondu comme une poignée de neige ; son pelage sentait mauvais, sa grosse tête ronde, lourde à porter, balançait dans la chaleur, et le bout de sa langue rose s'étirait au-dehors pour laisser couler les glaires, qui formaient une longue pelote déroulant son filament visqueux derrière lui.

Le chaton marcha jusqu'à la nuit, puis il dormit quelques heures dans une buse de ciment au fond du fossé. Le deuxième jour, un carillon de cloches le réveilla à l'aube. La route en lacets continuait de monter, le soleil frappait toujours aussi dur, mais il nota que son état général s'améliorait peu à peu. D'une part, les diarrhées avaient presque complètement disparu ; d'un autre côté, il commençait à éprouver les premiers signes d'un mal nouveau, insolite et plein de force : la faim…

Dans l'après-midi, Nelson Ollala arriva devant la muraille du village. Peuplé d'environ trois mille âmes, San Felice dissimulait ses géraniums, ses escaliers et ses maisons blanches derrière un épais mur d'enceinte qui datait probablement des Génois.

Nelson fut très impressionné par la hauteur et la puissance de cette solide muraille. Sous la lumière déclinante, elle présentait une belle couleur brûlée et les trous du salpêtre abritaient des nids de frelons étourdis par l'avalanche violette des bougainvilliers en fleur.

Sans réfléchir davantage, le chaton longea le mur exactement comme il avait suivi la route en lacets. Sa famine était grande, il devinait maintenant l'imminente présence des hommes. Tout en rasant le mur, il le tâtait, le caressait avec la pointe de ses poils ébouriffés, et sous l'effet de ce coup de plumeau qu'il passait délicatement le long des pierres, de minuscules parties d'éternité s'envolaient de la caillasse brûlée...

Les hommes étaient là, quelque part derrière. Une foule, une ruche, une armée... Un énorme murmure parvenait jusqu'à ses tympans... Ces voix contenaient du feu, elles crépitaient comme un brasier, elles chauffaient l'air, elles bondissaient par-dessus la muraille...

Comment est-il possible de faire autant de bruit ? A quoi sert tout ce bruit ? Ollala coucha les oreilles pour atténuer en lui le scandale, mais il n'en continua pas moins d'avancer, car il avait soudain le sentiment que cette ruche, cette armée, cette foule se livrait à une distraction hautement contagieuse : ils mangeaient.

Et tout d'un coup, à la faveur d'une brèche, l'intuition de Nelson se révéla parfaitement exacte ; les hommes étaient bel et bien en train de se nourrir, mais ils ne devaient pas avoir très faim, ou alors les plats ne leur plaisaient qu'à moitié, car ils trouvaient quand même le temps d'émettre avec leur bouche ce crépitement de feu, assourdissant et menaçant, tandis que Nelson, au contraire, s'attachait à être encore plus silencieux et discret que de coutume. Il passa comme un ruban de soie à travers l'ouverture du mur. Néanmoins, ses pattes électrisées se précipitaient vers le repas avec une vive impatience et son bout de langue rose se fit plus suppliant. Il aperçut une racine de magnolia qui émergeait du sol, l'atteignit en une douzaine de bonds, se mit à l'abri, essaya ensuite de cesser de trembler et contempla la ruche.

Les individus, une soixantaine, étaient alignés en deux rangées parallèles autour d'une longue surface plane encombrée de récipients fumants, de corbeilles de fleurs blanches et de flacons pleins d'un liquide écarlate qui brillait au soleil. Les dimensions de l'assemblée, le vacarme stupide, le grand nombre d'esclaves qui allaient et venaient pour servir les mangeurs, tout ceci était assez impressionnant. Cela donnait aux hommes un air de supériorité et de puissance qui expliquait sans doute leurs façons si grossières. Au lieu de se recueillir devant leurs écuelles, au lieu de se prosterner avec une avidité émue et reconnaissante, au lieu de rendre grâce, au lieu de se taire simplement, ils faisaient un raffut de tous les diables.

Une seule exception méritait d'être notée ; au centre de la table, il y avait une humaine vêtue tout de blanc qui paraissait beaucoup moins agitée que les autres. Un voile blanc recouvrait sa tête, maintenu au sommet par une petite grappe de perles nacrées.

Nelson Ollala avait déjà trouvé sa protectrice, ce serait Elle et personne d'autre. Mais il avait beau l'observer avec une soumission émue, un détail très curieux échappait à sa conscience de chat, une chose tout à fait extraordinaire, à savoir que la mariée était *vieille* – elle se tenait bien calme au milieu du repas mais c'était une femme âgée, une femme de soixante ans habillée en blanc, et ceci n'étonna pas du tout Ollala.

Il avait tellement faim ! Son regard s'accrochait à ce tissu virginal, à cet îlot paisible où le mouvement semblait s'arrêter. Il était blotti sous la racine du magnolia et il soubresautait toutes les trois secondes, énervé par les odeurs ; à chaque instant, un fumet caractéristique l'atteignait et lui fouillait l'âme.

Il y avait par exemple l'odeur de l'épaule d'agneau, des gousses d'ail et du romarin. L'odeur des foies de poulet, écrasés comme une crème sur le pain passé dans la braise. Il y avait les relents du coulis de tomates. La senteur poivrée de la rughetta, cette petite salade qui vous incendie la langue, et aussi le parfum du lait de chèvre, le velours des fromages...

Les yeux exorbités par l'appétit, Nelson abandonna le magnolia et se précipita ventre à terre en direction de la table, à travers la grande place poussiéreuse. Une dernière fois, il aperçut les corbeilles de fleurs, les visages alignés, les bouteilles couleur de rubis, enfin il ferma les yeux et plongea dans le monde des chaussures.

·

Quel enfant ne s'est pas promené sous la table pendant les longs dîners ennuyeux ? Nelson Ollala était un enfant, si bien que le monde des chaussures lui parut tout à fait à son goût et à sa dimension. Un plafond bas, horizontal, une lumière douce, tamisée de tous côtés par la jungle des jambes et celle des barreaux de chaises. Enfin, le tintamarre d'en haut se transformant ici en une mélodie de sous-sol qui lui calmait le cerveau et lui tenait compagnie.

Il avalait si vite qu'il ne se donnait même pas la peine d'apprécier la saveur de ses découvertes. De la mie de pain, des foies de poulet presque entiers, des taches de sauce, des morceaux de meringue... C'était incroyable ce que les hommes pouvaient répandre à leurs pieds.

Et pendant toute cette opération de nettoyage, qui l'occupa longtemps, les chaussures veillaient sur lui, le contemplaient. Bonnes grosses bêtes noires sans yeux, totems de cuir, insectes immobiles, cave, catacombes, musée. En promeneur averti, Nelson Ollala nota tout de suite qu'il existait deux sortes de chaussures : les épaisses et les gracieuses. Les épaisses portaient un bout rond et complétaient généralement un pantalon. Les gracieuses avaient un bout pointu ; leur carrosserie plus dégagée laissait apparaître les veines du pied. Quelquefois même, les gracieuses avaient quitté le travail, elles étaient au chômage, et le talon nu se reposait à côté, la chaussure couchée contre lui.

Toutes ces observations ne manquaient ni de charme ni d'intérêt. Après une rapide toilette, bien repu,

Nelson Ollala décida de flâner sous la table et d'aller voir de près sa protectrice, celle qu'il avait choisie quand il se trouvait encore derrière la racine. Il la reconnut au premier coup d'œil : décidément, elle n'aimait que le blanc et rien d'autre, elle avait la folie du blanc, celle-là. Même ses mollets, au lieu d'être nus et couleur d'abricot comme chez la plupart des femmes, oui, même ses mollets disparaissaient sous une matière adhésive et blanche, à fines mailles.

Il avança d'abord son cou, le frotta doucement sur le nylon et trouva ce premier contact assez excitant. Par bonheur, la jambe ne se rendit compte de rien et resta sans réaction. Seules quelques puces en profitèrent pour quitter sa fourrure et aller sautiller sur les bas blancs de la mariée. Mais les puces des chats sont casanières ; déçues par la substance synthétique, elles retournèrent à leur lieu d'origine.

Pendant ce temps, l'esprit de Nelson gambergeait, devenait audacieux. Et voilà qu'après avoir frotté son cou, une autre intention lui était venue. Quelque chose comme un hommage lointain à ses ancêtres chasseurs, un projet, une envie qui ne surgissait pas de son imagination mais simplement du fait qu'il grandissait ; bref, il éprouva tout à coup le désir de se tailler les ongles sur les bas de la mariée. C'était la première fois qu'il pensait à s'offrir des soins de manucure.

Sans hésiter, il sortit ses griffes, les appuya et les

fit fonctionner. A sa profonde surprise, la jambe se détendit comme un ressort. Elle s'agitait avec violence, obligeant l'apprenti chasseur à s'y cramponner doublement ; il n'était pas du tout prêt à s'en laisser conter, il enfonçait les ongles dans cette paroi en pleine tempête, laquelle finit pourtant par l'envoyer roulebouler une dizaine de mètres plus loin, sur le sol gris. Vivement contrarié, il se redressa et se mit à courir, tournant à toute vitesse dans la canicule envahie de pollens, essayant désespérément de retrouver le magnolia, mais n'y parvenant pas, car il était parti dans une mauvaise direction…

Les minutes s'écoulèrent. Incapable de s'arrêter, Nelson Ollala courait comme un furet, les oreilles aplaties par la vitesse, décrivant des cercles concentriques autour d'une petite fontaine gargouillante et verdâtre à gueule de lion. Il ne voyait rien, n'entendait rien… Erreur : ses tympans furent soudain transpercés par une énorme déflagration.

Comme un baiser assourdissant.

Un baiser de fée qui le fige sur place.

Alors Nelson Ollala tourne la tête, jette un œil vers la table, là-bas, et s'aperçoit que les physionomies des gens de la noce ont brusquement changé. Leurs visages sont rouges, méfiants, immobiles. Une soupière tombe en morceaux avec un retard irréel. Un ruban de vapeur ondule lentement au-dessus des tasses à café, rien d'autre ne bouge. Nelson regarde. Et voici que toute la scène se remet en marche par enchantement, des bouteilles vacillent, des chaises sont renversées, tandis que les hommes et les femmes se jettent à quatre pattes pour disparaître sous la table.

« Ils vont finir les miettes, ah ah ah. Mais moi, je n'en ai pas laissé », se dit le chat, assez content.

Et une deuxième détonation a retenti. Les postérieurs se sont serrés un peu plus étroitement encore sous la table.

Même la mariée ? Oui, même la mariée, à quatre pattes. Elle a semblé d'abord nourrir quelque scrupule, elle s'est penchée en hésitant vers son voisin, pour le persuader de la suivre. Son voisin était un vieil homme lui aussi, vêtu avec beaucoup de distinction et portant un chapeau ; mais, à présent, il dormait la tête dans son assiette, le chapeau rabattu sur les yeux.

Tout ceci étonnait beaucoup Nelson Ollala qui supposait, peut-être à tort, que les coups de feu avaient été déclenchés par lui, en quelque sorte, c'est-à-dire par le fait qu'il s'était limé les ongles, qu'il avait voulu s'offrir des soins de manucure sur les bas synthétiques de la mariée. Toutefois, le lien entre ces phénomènes n'avait rien d'évident pour la perspicacité d'un chat normal. Nelson contempla le dormeur, dont la joue droite s'affalait mélancoliquement contre un vase d'iris. Il réfléchit encore aux événements ; il finit par penser que ce devait être une coutume répandue chez les hommes de festoyer en plein soleil, puis de se mettre à gesticuler, à vociférer, à tirer des coups de carabine, et enfin de disparaître sous la table et lécher les miettes au sol.

Maintenant, la paix était revenue ou du moins ce qui en tenait lieu, un statu quo indéfinissable. Nelson Ollala examina ses griffes : une bribe de nylon y était restée accrochée, un minuscule lambeau, diaphane et palpitant comme une mue de lézard.

3

La noce resta à quatre pattes sous la table un bon quart d'heure. C'était une situation parfaitement ridicule, et chaque minute qui s'écoulait la rendait encore plus humiliante pour cette assemblée de peureux qui avaient disparu dès le premier coup de pétard. Seul Alexis Caponi avait compris que son rôle à lui, le marié, était d'indiquer la voie de la dignité. Il s'était donc contenté de coucher la tête dans l'assiette et avait pris une pose aussi ensommeillée que possible. En faisant le mort de cette façon, le vieil Alexis engageait un silencieux duel à distance contre son fils, qui devait se situer quelque part à cent mètres d'ici, caché derrière une pergola ou embusqué sur un balcon, la carabine en main.

Alexis continuait à dormir dans l'assiette ; il ne songeait même pas à tous ces lâches tassés comme des veaux là-dessous, il refusait simplement de les imaginer.

Son chapeau rabattu sur les yeux, ce qui le protégeait au moins des mouches et du soleil, le vieux pensait uniquement à lui-même, à Rita et à ses soixante ans pleins de grâce. Bien sûr, elle avait eu tort de vouloir se marier en blanc, tous les problèmes venaient de là, mais elle avait désiré le blanc avec une si puérile ardeur qu'il ne s'était pas senti capable d'empêcher cette volonté, la réalisation d'une image qui avait attendu un demi-siècle avant de se matérialiser.

La tête dans l'assiette, le vieux se demandait s'il y aurait un troisième coup de carabine. Il n'éprouvait nulle crainte ; une jubilation paradoxale le gagnait peu à peu. Sous son chapeau humide, il rêvait de Rita à l'école communale, il la voyait ensuite beaucoup plus tard à l'enterrement de son premier mari, agenouillée entre deux rangées de glaïeuls mauves et d'iris pâles. Il se disait sous son chapeau : « Si ce couillon de fils me tire dessus, comme ça ne m'étonnerait pas, dans ma cervelle éclaboussée j'emporterai Rita. Voilà. J'ai bien le droit de me marier sans l'avis de personne. A mon âge. »

Et il se sentait prêt à contrefaire le coma profond indéfiniment, n'en déplaise aux cinquante veaux qui se serraient entre les pieds de la table. D'ailleurs, quelque chose était en train de changer. Un remue-ménage libérateur lui annonça la capitulation d'Aldo, lentement, comme si la table sous lui se dégonflait de sa surcharge de moiteur et d'appréhension, alors il remua imperceptiblement les cils, aperçut Aldo qui courait en tressautant et sanglotant à travers la place, la cohue se précipitant vers lui pour le désarmer, mais Aldo enfonçait encore ses assaillants et, bien qu'aux trois quarts étouffé, se ruait sur son père avec l'énergie stupide d'un bélier amoureux.

– Préparez le bal, murmura le vieux sans autre émoi.

On attendait deux cents personnes à danser, il en vint près d'un millier, attirées par la publicité. Beaucoup plus tard, vers une heure du matin, Rita et Alexis s'éloignèrent furtivement des flonflons et titubèrent comme deux personnes très lasses dans les rues sombres, à la recherche de leur lit.

– Où m'emmènes-tu ? demanda Rita. C'est vrai que, toi et moi, on n'a même pas quatre murs où se mettre.

– On a toujours été imprévoyants. On a vécu comme des paniers percés.

– Heureusement que les enfants sont là.

Ils gravirent l'escalier extérieur de la maison de marbre. Arrivés tout en haut de cette rampe que leurs mains sèches serraient avec émotion, ils s'arrêtèrent pour se regarder.

– Pas de bruit, souffla Alexis.

– Tu crois qu'il dort ?

– Va savoir. A mon avis, il rôde aux alentours. C'est souvent comme ça qu'il fait, après.

– Il n'est pas venu au bal.

Timidement, ils pénétrèrent dans la chambre, et Rita retira une à une de son chignon les épingles nacrées. Puis elle réfléchit et demanda s'il y avait des animaux dans cette maison. Un dindon, par exemple. Un beau dindon à crête rouge ou un paon. Le paon irait très bien avec le marbre. Ou des canards de Barbarie. Non. Même pas un chat ?

C'était une demeure glacée, multicolore et tapageuse, entourée par un clos d'herbe jaunie où s'entassaient comme des cubes, ici et là, les blocs volés sur les chantiers, en cours de polissage : marbre blanc, marbre rose, marbre d'Iran et de Carrare, onyx vert, porphyre gris… Il y avait du marbre partout, abandonné et jonchant le jardin, mais il n'y avait pas de dindon, ni de paon, ni de canards.

– Quand on sera chez nous, tu auras tout ce que tu veux.

– Chez nous ? Tu sais bien qu'on ne possède rien.

– Mon fils, il te monte une maison en une semaine. Il est tellement travailleur, Aldo…

– Nous aussi on a travaillé, je ne sais pas comment tout est parti.

– En huit jours il te la monte, cette maison.

– S'il fait cela pour nous, c'est un gentil garçon.

– Tiens, tu l'entends ?

– J'entends quelqu'un marcher.

– C'est tout à fait lui, ça, il tourne et retourne, il est embarrassé.

– J'avoue que cet après-midi je craignais légèrement une bêtise…

– Tu veux rire. Il a toujours eu ce tempérament : entier, sincère, un peu soupe au lait, c'est vrai, mais dès qu'il a poussé le bouchon trop loin il ne sait plus comment me faire plaisir.

– Quelle merveille d'avoir un si bon fils. Les miens paraissent ternes en comparaison.

Et, sur ces paroles réconfortantes, Alexis chercha le bouton de la lumière pour éteindre ; alors la petite main tavelée de Rita se posa sur la sienne dans le but de l'en empêcher, et ils se disputèrent gaiement autour de cet interrupteur, Alexis qui préférait l'obscurité, Rita qui pensait que c'était mieux d'y voir clair, lui plus pudique et elle obtenant finalement gain de cause. La veilleuse demeura allumée, les volets étaient tirés.

« Je saute ou je ne saute pas ? » se demandait Nelson Ollala.

Depuis l'après-midi jusqu'au début du bal, il avait réussi l'exploit de ne jamais lâcher des yeux la robe blanche de Rita, puis de la suivre encore lorsqu'elle brillait comme un poudreux papillon nocturne au milieu des neuf cents danseurs. Il était resté tout ce temps sous la racine du magnolia, et quand l'homme au chapeau avait entraîné en douce le papillon femelle dans les rues ténébreuses, s'arrêtant quelquefois pour embrasser la neige de sa voilette ou le fard de ses joues, ni lui ni elle n'avaient remarqué le promeneur clandestin qui se faufilait à leurs trousses en frottant les murs.

« Je saute ? »

Il se tenait en équilibre sur la dernière marche de l'escalier extérieur, un précipice d'un mètre vingt le séparant du balcon. Ses pattes arrière piétinaient le sol à courtes foulées rêveuses, ses reins se contractaient en boule, ses oreilles s'inclinaient dans le profil de la détente convoitée.

« Je saute. »

Il ferma les yeux, mesura son courage, mesura son désir…

« Non. Non.—— Non. »

Et il sauta. Regardez donc, vous, pumas, jaguars, lynx, ocelots, panthères, enjambeurs de ravins et rois des montagnes, appréciez ce que put ressentir le jeune Nelson dans la fraction d'instant où ses quatre pattes à la fois se réunirent saines et sauves, comme un bouquet de pétales mouillés sur la pierre du balcon. Il riait d'allégresse et de soulagement. Souvenez-vous de votre rire, pumas, jaguars, lynx, ocelots, panthères, lorsque le premier bond par-dessus un ruisseau ou un muret vous détacha enfin de la tyrannie du sol. Souvenez-vous.

Les volets du balcon avaient été tirés, Ollala s'approcha, vit le filet de lumière qui passait en dessous, puis se mit à gratter contre les lattes.

Il frottait ses griffes en toute bonne conscience, ayant la certitude qu'Elle était là, à l'intérieur, et qu'Elle se tenait éveillée en dépit de l'heure tardive. Son choix était fixé depuis l'après-midi, c'est pourquoi il grattait les volets avec tant d'obstination et d'espoir... mais Elle devait avoir l'oreille dure. Rien ne bougeait.

Si, finalement. Les deux battants s'écartent, c'est un homme qui apparaît, un homme comme il n'en a jamais vu, avec une peau entièrement nue, couleur caramel clair, un homme immense, voûté et presque sans fourrure, un vieil homme avec un pied qui se dresse soudain, une bouche qui s'exclame :

– Pas ici !

Le seconde d'après, Ollala tournoie dans le vide et la nuit.

Non content d'avoir appris à sauter, il découvrait maintenant l'atterrissage. Il avait voltigé jusqu'au jardin et s'était rétabli sur ses pattes sans la moindre foulure, mais tout de même considérablement vexé.

Derechef, le chaton se lança à l'assaut, bouillonnant

de colère, gravit furieusement l'escalier, s'élança jusqu'au balcon comme un vrai chevronné du concours d'obstacles. Entre-temps les volets s'étaient refermés, mais la lumière filtrait toujours. Au lieu de gratter, Nelson préféra cette fois-ci miauler : il prit son timbre le plus suave, le plus déchirant, bien résolu à s'égosiller comme un damné jusqu'au point du jour si l'affront qu'il avait subi n'était pas réparé.

Rita Canobbio, qui aimait passionnément les bêtes, résista exactement trois minutes. Les battants s'écartèrent à nouveau. Pourtant, Nelson ne la reconnut pas d'emblée et fut même assez surpris de son aspect : le souvenir qu'il en gardait au fond de ses pupilles se cristallisait sur le voile, le diadème et la robe blanche ; or elle était lisse comme un galet, usée et brune, ronde aux épaules et ronde au ventre. Elle se baissa pour s'emparer de lui avec une telle ardeur que le chaton ne put s'empêcher de cracher et postillonner, malgré la très vive satisfaction qu'il éprouvait intérieurement.

Dès cette minute, il considéra que l'honneur était sauf et que l'injustice avait été lavée, tout en continuant néanmoins de faire tourner ses yeux verts d'un air menaçant. Le vieille Rita s'assit sur le lit, mit le chaton sur ses cuisses afin de palper son corps, qui était incroyablement dur et tendu. Après un instant d'attendrissement, elle le souleva en pleine lumière sous l'œil d'Alexis, le fit tourner dans sa main, ce qui eut pour effet de déranger le repos de quelques dizaines de puces qui sautèrent dans tous les sens.

Un chat à puces est émouvant comme un enfant qui louche. Visiblement ravie par les bestioles, Rita supplia Alexis d'aller chercher dans la maison une brosse ou un peigne. Une brosse ou un peigne ? grommela le vieux. Il fallut lui répéter la commande, puis enfin il quitta la pièce avec une mine stupéfaite.

Une heure plus tard, Nelson Ollala se retrouva une nouvelle fois sur le balcon. Son pelage était brossé, son ventre était repu, mais les volets n'en venaient pas moins de se clore derrière lui. Que faire ? Il aurait très bien pu accepter cette conclusion à l'amiable ; la vérité c'est qu'il ne l'accepta pas.

Les sanglots s'échappèrent de sa gorge irrésistiblement. La vue de ce rai de lumière lui fichait le bourdon, il avait beau se moucher entre ses pattes et se dire qu'il ne souffrait de rien, il braillait à tue-tête.

« Expliquez-moi pourquoi je pleure », larmoyait-il dans une dialectique de plus en plus décousue.

Mais, à l'intérieur, on ne répondait plus. Ce supplice dura vingt-sept minutes, vingt-sept minutes pendant lesquelles la vrille des miaulements s'enfonça lentement sous la peau des époux ; puis, soudain, Rita et Alexis jaillirent hors des draps avec un ensemble étonnant, un ensemble qui reflétait en réalité des intentions contradictoires quant à ce qu'il convenait de faire.

Une brève lutte s'engagea, dont dépendait évidemment la suite de la nuit, son contenu pour ainsi dire. Très intéressé, Nelson Ollala fermait les yeux modestement, remarquant toutefois que Rita arrivait la première sur lui, ce qui était plutôt bon signe. Elle le saisit et le serra contre sa poitrine nue, elle semblait même le féliciter, comme s'il venait de leur jouer un bon tour.

Il ne fut plus question de le mettre dehors et il resta là, entre les deux époux, où l'air était si chaud. Leur anatomie exhalait un puissant parfum de sueur auquel se mêlait, du côté de Rita, une note acide de mandarinier qui n'était pas désagréable. En même temps qu'il savourait ce bonheur physique, Nelson progressait dans la compréhension du cœur humain et révisait quelque peu son jugement sur le vieux. Tout bien réfléchi, ce n'était peut-être pas un sale animal, celui-là. Certes, il s'était mal comporté au début, mais son geste impulsif, ce coup de pied dans les côtes du chat, revêtait à présent une signification moins scandaleuse… En d'autres termes, Nelson commençait à se dire qu'il avait dû les déranger. Il n'alla pas jusqu'à imaginer qu'il les dérangeait peut-être encore, car dans ce cas il lui aurait fallu tirer des conclusions pénibles, abandonner cet endroit, la délicieuse vallée de fleurs brodées où son nid s'était inscrit entre leurs deux respirations – et ç'aurait été bien dommage de s'en aller d'ici.

D'ailleurs, ne s'entendaient-ils pas à la perfection ? Peut-on imaginer une figure plus simple : l'homme caressait les seins de la femme, et la femme caressait le dos rond de Nelson Ollala. Ainsi se déroula tout le reste de cette nuit fameuse, mis à part quelques incidents de territoire qui réveillaient parfois le chaton en sursaut. A plusieurs reprises, il fut obligé de crier pour défendre sa place ; le plus fort était que Rita paraissait ne se rendre compte de rien. Mais, alertée par ses justes plaintes et découvrant qu'il n'était pas loin de se faire aplatir sous le rouleau compresseur du mari, elle repoussait doucement celui-ci. Dehors, l'aube commençait à blanchir derrière les volets. Une alouette chantait.

4

Ollala passa six jours et sept nuits dans la maison de marbre, installé sur le couvre-lit à fleurs. Ce fut la période la plus végétative de sa jeune existence : par la suite, il ne retrouva jamais plus cette sensation de mollesse bienheureuse, ces siestes dorées, cette soûlerie de repos qui écrasait son corps dans toutes les positions – étendu comme une couleuvre, replié en pelote, vautré sur le dos, pattes en l'air, ou simplement couché de côté comme une odalisque, les oreilles droites et les yeux clos.

Il dormait jusqu'à vingt heures d'affilée, ses puces dormaient aussi. Quand il devait satisfaire un besoin naturel, il passait toujours par la porte-fenêtre du balcon et l'escalier extérieur, une instinctive sagesse l'empêchant de changer d'itinéraire, d'explorer les autres pièces, les profondeurs et les couloirs de la maison de marbre. Excellente précaution, qui lui évita de tomber dans les jambes du grand Aldo.

Mais ces promenades étaient brèves, uniquement destinées à aller se soulager au fond du jardin. Dès qu'il avait fini et bien gratté la terre, il retournait avec empressement à son occupation primordiale : dormir, dormir… Vers deux heures de l'après-midi, Rita revenait de la plage et se précipitait tendrement sur lui avant de prendre une douche. Non seulement Rita se rendait ainsi à la mer chaque jour sans exception depuis un demi-siècle, mais cette antique coutume avait survécu à tous les drames, à tous les deuils, et de surcroît elle se mettait réellement en maillot de bain – un maillot noir une pièce –, désirant fortement qu'on ne la confonde pas avec ces grands-mères préhistoriques posées comme des menhirs sur le sable fin, surveillant d'un œil vitreux une exubérante descendance.

Elle revenait donc de la plage à deux heures. Les autres visites qu'elle rendait à Nelson Ollala ne ressemblaient pas à celle-ci, et celle-ci était incontestablement la meilleure de la journée.

– Lèche-moi les doigts, petit maudit. Ça te plaît, hein ? C'est du sel. Et cette odeur que tu respires tout autour, c'est le parfum de l'huile que je mets sur ma vieille couenne. Happy Sun à la noix de coco.

Oui, disait le chat.

– Noix de coco, très loin d'ici. Ne pousse pas dans le village. Répète après moi : noix de coco.

– Rrouiou.

Par la suite, quand il devint moins fainéant, et notamment les fins d'après-midi, en s'aventurant dans les rues accablées de chaleur, il retrouvait à chaque carrefour ce nuage puissant et mystérieux de l'huile solaire à la noix de coco, et il s'imaginait que c'était Rita qui l'avait répandu partout, qu'elle était allée dans tous les endroits où il passait.

Il avait refait le plein d'insouciance, de nourriture, de repos et surtout il avait rencontré cette affection que la pauvre mère chatte crucifiée sur la prairie en feu n'avait pu lui dispenser en quantité suffisante. Ragaillardi et sans aucun souvenir de ses origines, Ollala se rappela pourtant qu'il était un chat sauvage. Un soir, il poussa l'exploration jusqu'à la muraille de San Felice et contempla longuement la plaine qui s'étendait en contrebas, les routes blanches, les champs de seigle, le disque du soleil s'enfonçant derrière un bois, les vapeurs rampantes et les vols d'étourneaux.

Après avoir parcouru l'horizon du regard, il vit tout près de lui une maison en construction dans le premier lacet. Cette maison devait avoir poussé très vite, car le remblai exhalait une odeur de terre fraîchement remuée. Il distingua deux hommes qui roulaient tranquillement leur cigarette, assis sur une poutre métallique. Dieu sait pourquoi, Ollala conçut l'idée néfaste de s'approcher. Le premier personnage était un célibataire endurci répondant au surnom de Néron, barbier le dimanche et fainéant les autres jours ; il avait à ses côtés Aldo Caponi. Tous deux savouraient ensemble l'heure paisible du crépuscule qui les rendait provisoirement exempts de toute malveillance. Ayant collé leur cigarette au coin de leur bouche, ils se levèrent, firent trois pas, déboutonnèrent simultanément leur braguette et se mirent à pisser avec un parallélisme qui était la marque d'une longue fréquentation mutuelle. Soudain, Aldo poussa du coude son compagnon en désignant la créature aplatie sur le talus, exactement dans le prolongement de leurs deux jets d'urine, et qui n'osait plus ni reculer ni avancer.

Néron le barbier souriait de toutes ses gencives, puis il esquissa un geste avec sa main (la main restée inemployée) ou plutôt avec deux doigts, l'index et le majeur, simulant l'action d'une paire de ciseaux qui s'ouvrait, se fermait, s'ouvrait, se fermait... Et Nelson détala précipitamment. Sans comprendre le geste, il s'enfuit tout songeur, oppressé par la sensation d'une menace imminente.

Cet obscur malaise éprouvé devant l'imitation des ciseaux ne fut pourtant pas long à se dissiper dans le cerveau du chat ; après cinq cents mètres de course, il n'y songeait déjà plus et, quand il atteignit le jardin de la maison de marbre, un autre sujet d'intérêt captiva son étourderie. Il remarqua sur l'herbe sèche du jardin un long fil noir qui serpentait. Le mince lombric caoutchouteux contournait les entassements de pierre, le tronc d'un acacia, écorchait au passage les lauriers-roses, puis aboutissait après d'interminables méandres à un poste de télévision posé dans la nature, gros objet cubique d'où sortaient des images et des vociférations. Les images relataient le comportement et les efforts pathologiques d'un certain nombre de petits hommes colorés en train de se disputer une balle sur un gazon vert à rayures blanches. La grosse boîte cubique ne montrait absolument rien d'autre que ces nains querelleurs dont l'impatience faisait sans aucun doute la joie du vieil Alexis, lequel était installé dans un fauteuil en rotin, le pantalon retroussé jusqu'aux genoux, les pieds nus baignant dans une cuvette d'eau.

A côté de lui, assise sur l'herbe, Rita versait dans la cuvette une sorte de goudron épais et visqueux dont elle massait lentement les orteils de son homme. Mais ce qui était frappant, c'est que le vieux n'accordait pas un seul regard à la cuvette, à ses pieds, au goudron brun ni au dévouement de Rita. Et Rita en revanche ne jetait pas un œil sur la télévision, tandis qu'Alexis était tout entier requis par les homoncules qui s'excitaient sur le gazon couleur de petits pois; à un certain moment, il lança même son chapeau au ciel, puis le rattrapa et le chiffonna en trépignant d'euphorie, ce qui causa quelques sérieux remous dans la cuvette; et un peu plus tard il se traîna jusqu'au téléviseur, tomba à genoux devant, fit mine de lui cracher dessus et retourna d'un air désabusé confier ses pieds à Rita.

Nelson Ollala jugeait que c'était beaucoup d'eau gaspillée et de patience mal récompensée, mais la vieille devait avoir une autre opinion car elle ne perdait nullement son sang-froid, attendant que l'époux eût cessé de s'agiter pour lui pétrir à nouveau les orteils avec le même imperturbable bonheur.

Le lendemain, après un salubre déjeuner d'anchois et de sardines grillées, Nelson reprit ses déambulations hasardeuses. Il parvint une deuxième fois devant la muraille, mais en apercevant l'embouchure de la route et le remblai de la maison en construction, il grogna et fit demi-tour. Vers les onze heures, il s'introduisit en fraude sous le store d'aluminium d'une boucherie, choisit sans se hâter un butin en rapport avec ses goûts, puis réapparut tenant une escalope de veau, qu'il traîna sous une voiture pour la dévorer. Ce premier cambriolage le rendit tout à fait jovial et il estima qu'il pourrait maintenant se laisser engourdir par les mécanismes de la digestion sur le ciment brûlant du trottoir ; rien de meilleur qu'une surface en ciment pour l'estomac. Néanmoins, après une brève réflexion, il remit en marche son trot de somnambule le long des murs râpeux et des porches moisis, quand soudain Néron et Aldo, les deux individus de la veille, se présentèrent devant lui.

On était dimanche, jour de rasage. Néron se tenait torse nu au milieu de sa cour où il avait disposé une lessiveuse renversée qui faisait office de trône pour l'éventuel client. Scène de la vie ordinaire : installé sur la lessiveuse, il y avait donc Aldo que le chat reconnut tout de suite, bien qu'il eût la moitié inférieure du visage enduite de mousse à raser, sous laquelle les lèvres rubicondes éclataient comme des fraises, sans compter ce volumineux coquard vert-jaune au centre du front. Vision stridente, pareille à une montée d'orage, Nelson Ollala reculant imperceptiblement sans lâcher du regard les lèvres rouges et le gros lumignon olivâtre, respirant en même temps l'eau de Cologne qui mélangeait ses molécules à celles du tabac et de la sueur humaine.

Quand Néron dégagea le rasoir de sa gaine en cuir, quatre ou cinq poules s'approchèrent de la cérémonie en agitant la tête vers les gouttes de savon chaud qui tombaient dans la poussière, mais jusqu'à présent aucun des deux hommes ne prêtait attention au chat. Il se détendit un peu, recula encore de cinquante centimètres, puis se laissa sans doute aller à un battement plus lourd des paupières. Le soleil cognait dur.

C'est alors qu'un long coup de sifflet retentit dans l'air blanc, en provenance des lèvres du grand Aldo, et Nelson Ollala levant des yeux blessés par la lumière vit le barbier courir vers l'intérieur de la maison, revenir quelques instants plus tard en serrant un objet enveloppé dans du papier journal, mais il ne chercha pas à voir ce que Néron tenait, il se sauva sur le pavé à longues et anxieuses foulées, un sentiment opaque le guidant dans sa fuite, épée de Damoclès ou plutôt prémonition physique du malheur, comme ce chatouillement interne et angoissé qui accompagne chez les félins l'imminence du tremblement de terre.

Tout en courant à une vitesse sidérale, Nelson eut l'impression au bout d'un moment que quelque chose roulait derrière lui, un caillou peut-être, un projectile compact qui aurait été lancé d'un tir horizontal et qui le poursuivait. Il ne se retourna pas, mais comme le tremblement de terre, c'est-à-dire le caillou qui cahotait à ses trousses, s'était peu à peu ralenti et figé, et que le chat n'entendait plus de bruit dans son dos, il relâcha insensiblement l'allure puis finit tout de même par s'arrêter, distinguant les deux silhouettes funestes qui se serraient les côtes de rire devant la maison.

Au milieu du trottoir, une petite masse ronde et grise reposait en plein soleil. « Ce doit être une tête », pensa-t-il, car en songeant à une tête il se préparait au pire, et en se préparant au pire il se mettait à l'abri de devoir affronter une épouvante encore plus grande.

« C'est sûrement une tête. » Sourdement tracassé par le désir de connaître, il s'approcha. Le prétendu caillou avait appartenu à un être vivant, à un chat vivant. Mais ce n'était pas une tête, c'étaient des testicules. Quand il comprit cela, il en éprouva un frisson jusque dans la moelle de ses os, s'approchant encore, se baissant, contemplant de plus près les bourses qui présentaient une couleur non pas grise, mais plutôt violette et rouge tirant sur le noir. Toute l'enveloppe en avait été déchirée par les chocs de la route, salie, ternie, martyrisée au cours de ce voyage absurde.

Voilà ce qu'il put voir rapidement ; après quoi, il fit demi-tour et reprit le large, mais il ne courait plus à perdre haleine comme tout à l'heure, il trottait de côté en balançant sa grosse caboche débordante. Arrivé à son domicile habituel, au lieu de pénétrer dans la chambre et de se rouler en boule sur le couvre-lit fleuri en attendant l'ambre solaire de Rita, il monta tout droit au grenier, où il n'était jamais entré.

Là, Nelson Ollala resta deux jours sans se faire voir par qui que ce soit, sans manger ni dormir. Pendant cette retraite indispensable, et qui par la suite allait devenir définitive, il ne fit que marcher. Il marchait de long en large dans les copeaux de bois, les yeux phosphorescents, le cœur détraqué.

Au fond des ténèbres où le silence sentait la résine, le chat accomplit aussi une toilette complète. Quelquefois, la fatigue l'envahissait, la patte qui lui servait de gant pour atteindre le lobe de l'oreille demeurait en suspens, les pupilles se réduisaient à des pointes d'aiguilles dorées, et l'inquiétude fleurissait lentement, s'élargissait sans limites dans ses yeux d'or.

5

Tapi au fond de l'ombre poussiéreuse, Nelson Ollala se rendit invisible et inexistant pendant deux jours et deux nuits. Il refusa de répondre, il refusa de sortir en entendant la voix connue et aigrelette de Rita, qui tournait comme une vieille toupie, se rapprochait, s'adoucissait, s'encolérait, la voix tremblante et chantonnante et rouspétante de sa maîtresse, de son amie. Et la voix de Rita pleura son nom sur tous les tons jusque dans les haies du jardin, dans les gouttières du grenier, dans le séchoir à noix, dans la cambuse, dans la cave, mais Nelson ne bougeait pas d'un poil.

Il ne donnerait plus signe, c'était fini, et maintenant Rita avait probablement renoncé à le chercher, car le moteur de la camionnette crachota une dernière fois dans le tumulte confus d'un soir d'été, emportant la vieille qui ne reviendrait jamais, elle non plus. Nelson Ollala voyait d'ici le scénario : un déménagement, beaucoup de bruit, quelques regrets, une maison neuve où le chagrin s'estompe dans l'éclat des murs blancs et des volets verts, puis une autre adoption, un autre chat qui viendrait se rouler sur le couvre-lit à fleurs et qui trahirait lui aussi, qui changerait de camp un jour, sans remercier, en passant par le trou à belette du grenier...

C'était fini. Il attendit encore une heure ou deux avant de s'étirer, passa par le trou, descendit prudemment l'escalier extérieur, fila dans les épluchures de melons qui jonchaient le caniveau et s'en alla la paix au cœur.

La muraille franchie, Ollala aperçut sur la gauche la nouvelle bicoque de fibrociment que le grand Aldo avait bâtie de ses mains en une semaine pour se faire pardonner les coups de carabine de la noce ; il distingua la camionnette, il devina Rita, heureuse malgré tout, frottant sa petite tête de pomme hivernale contre les joues rêches de son beau-fils soudain promu au rang de bienfaiteur, et Aldo, qui n'en demandait pas tant, larmoyant comme une Madeleine – ce n'était pas pour rien que ses frères l'avaient surnommé la Pleureuse –, mais tout ceci n'intéressait plus guère le chat qui découvrit sur la droite un sentier de terre rouge où il s'enfonça.

Quarante-huit heures de méditation à jeun l'avaient convaincu que la seule voie possible était dans ce sillon de terre où la nuit s'épaissit peu à peu, et que le bonheur, la sagesse, la liberté consistaient à dégringoler la pente comme il s'apprêtait à le faire, entre les souches aussi pointues que des herses, des cailloux rongés, des buissons de lentisque ou de genévrier. Il plongeait de toute son âme dans le sentier rouge, il faufilait son ventre creux sous les petites feuilles huilées des arbustes, quand tout à coup – et ce fut là sa première rencontre –, alors qu'il n'avait pas la moindre idée de ce qu'il pourrait tuer d'ici l'aube, un tétras-lyre multicolore jaillit sur son passage.

Aussi surpris que lui, le coq de bruyère s'envola dans un feu d'artifice apeuré de plumes pourpres, blanches et bleues ; un éclaboussement si spectaculaire que le chaton n'eut guère le temps de désirer vraiment lui faire la peau. Encore moins de se demander de quelle façon on vient à bout d'un tétras-lyre. Maintenant, Nelson Ollala était fatigué. Il s'enroula dans le creux d'une souche et dormit trois heures de suite. Ce furent les scolopendres qui le tirèrent du sommeil, une colonie de bestioles longues et annelées, l'obligeant à claquer des dents comme un épileptique pour s'en délivrer.

Ces désagréments n'entamèrent pourtant pas son moral. Peut-être confondait-il l'aiguisement de la faim, de la soif, avec une excitation de liberté qui lui donnait cette démarche rebondissante, légère et fébrile. De temps en temps, il s'asseyait, la queue en cercle, il regardait le croissant de lune inonder d'une faible scintillation la plaine argentée et brune, s'estimant comblé dans sa solitude.

Au petit matin, alors qu'il venait de faire une pause, quelque chose d'humide et de mou heurta sa patte. C'était le nez d'une taupe à la recherche de sa galerie. Les véhéments efforts de ses ailerons latéraux grattant le sol trop dur faisaient presque pitié à voir, mais Nelson Ollala n'était pas dans une situation qui lui autorisait ce luxe d'indulgence. Il la contourna lentement, l'examina avec un appétit plutôt embarrassé, se demandant par quel bout s'en saisir. Après tout, rien ne pressait, il réfléchit encore : une chance que les taupes ne s'envolent pas comme des tétras-lyre. Elle gisait à ses pieds, attendant l'échafaud. Mais quand le chat reprit sa route une heure plus tard, sa conscience lui murmura qu'il n'avait pas seulement laissé s'enfuir une occasion facile de repas instantané, que le problème était plus profond, qu'il se répéterait. Il n'avait tout simplement pas tué la taupe, n'avait pas pu, n'avait pas su.

Le point du jour irradiait maintenant les blés, les sapins, les tuiles rouges, les étangs. Le vent de la mer poussait et bousculait les épis ultra secs dans un entrechoquement comparable au souffle cuivré d'une tempête de sable. Une biche quitta les bois, respira l'humeur du matin avant de s'évanouir au galop.

Nelson Ollala déambulait maintenant la tête base, affamé, rempli de doutes, crevant de soif. C'est alors que se produisit une rencontre capitale : un puissant matou à la fourrure noire était apparu au loin, tout constellé de cicatrices comme un grand brûlé. Un énorme seigneur pesant facilement le double de l'ordinaire et se déplaçant dans les herbes avec onctuosité.

Nettement ébloui, Nelson Ollala resta figé, ne sachant plus ce qu'il convenait de craindre ou d'apprécier au premier jugé : l'épaisseur des pattes, les bourrelets reptiliens du cou, le mouvement de la queue dressée comme une antenne télescopique. Et surtout, l'impressionnant cauchemar de la figure, ce griffonnage de crocs et de babines, de laideur et de bave, ce fulgurant dessin hideux qui paraissait avoir été estampillé à la hâte par un Dieu en colère, avec une pointe de carbone.

Comment lui parler ? Comment se taire ? Comment passer devant lui et l'oublier ?

– Salut, dit le chaton, et pardon de te déranger. Je m'appelle Nelson Ollala.

– Frankie.

Ce nom fut prononcé et n'évoqua rien de spécial pour Nelson, qui ne l'avait jamais entendu. Ce nom l'impressionna bien moins que la silhouette énorme et la figure hideuse. Le damier de ses origines ne comportait pour ainsi dire que des cases vides ou noires. C'est ainsi qu'après tant de détours inutiles, il dévisagea pour la première fois son père, celui qui, dans la grotte bleue l'après-midi, retrouvait autrefois une certaine chatte tigrée, leurs cris se mélangeant pendant des heures pour composer une bizarre mélopée amoureuse, déchirante, insupportable et qui ressemblaient plutôt à des vagissements de nouveau-nés humains ou encore à des plaintes d'outre-tombe. C'était lui et il ne le savait pas. Mais nous ne sommes jamais là quand il faudrait y être, quand il serait si essentiel de s'en assurer, nous ne sommes jamais là au commencement de nous-mêmes. Nelson Ollala n'avait été présent dans la grotte bleue qu'à un degré infinitésimal, et en revanche le premier endroit qui méritait de lui appartenir, c'était évidemment la prairie où sa mère avait vécu à la fois une délivrance et une crucifixion, avant de disparaître, de s'effacer, de s'envoler on ne sait où.

– Un piège ? Tu as dit un piège ?

– Une machine froide et grise qui la serrait sans bruit, interminablement.

– Je ne connais pas ton père, mais je préfère penser que c'est un autre. Un autre ou moi ; de toute façon, cela ne présente aucun intérêt. Quant à ta mère…

– Ma mère ?

– Non, rien.

Nous ne sommes jamais là quand il faudrait y être et nous nous accrochons ensuite au premier lambeau de vérité, aux pas maussades d'un inconnu qui prétend n'avoir rien à nous dire. Le sang de Nelson était en ébullition. Il fit deux tonneaux sur l'herbe brûlée, se releva, hésita un peu, voulut poser une autre question, qui était probablement la même, et reçut une deuxième gifle. Il n'y comprenait rien, sa cervelle carillonna un bon moment tout en se recouvrant d'une lente brume sale au fond de laquelle il regardait avec désespoir Frankie s'éloigner.

Mais le matou se ravisa. Ollala le vit bomber le dos, tourner vers lui sa tête carrée, ouvrir la gueule en un immense bâillement de lassitude et revenir s'asseoir.

– Ta mère est vivante, elle ne s'est pas envolée. C'est moi qui l'ai tirée de cette ferraille et soignée comme il convient.

Le chaton ferma les yeux.

Les étoiles du matin prirent une couleur rose dahlia.

– Oui, vivante. Écoute bien cette histoire et fais-moi le plaisir d'essuyer ton nez. Mouche-toi dans l'argile, petit morveux ; c'est du sang, et alors ? J'aurais pu avoir la patte beaucoup plus lourde, mais je ne sais ce qui m'oblige à gaspiller une heure en ta compagnie pendant que les hirondelles du soir glissent sur nos oreilles en poussant leurs vocalises tellement excitantes.

Moi qui ne suis même pas l'amant de ta mère, ou si je l'ai été je ne m'en souviens plus. Comment est-il possible de se rappeler sérieusement vingt et une chattes ? Vingt et une ! J'ai souvent entendu dire que les hommes sont capables de compter jusqu'à l'infini. Cette faculté divinatoire me paraît non seulement inouïe mais aussi complètement superflue, vu que les hommes en général possèdent beaucoup moins de vingt et une épouses. Moi, dès que je me sépare de la dernière, un rideau épais tombe sur mon esprit, une sorte de purée pleine de grumeaux, un brouillard agréable et laiteux, qui efface tout et m'enveloppe jusqu'à la prochaine.

Où en étais-je ? Nous parlions de ta mère, de la nuit où je l'ai trouvée moribonde dans cette prairie. Un hasard si tu veux, mais un hasard mêlé de flair et de colère, cette répugnance qui nous inonde de très loin lorsque les narines sont alertées par la lente odeur poisseuse de la gangrène. Et je l'ai trouvée, elle était là, j'ai remarqué aussi les colonnes de fourmis qui avançaient à la rencontre de son nez rose et de ses oreilles froides.

Pendant trois heures, oui, j'ai lutté contre ce sordide bout de fer. D'abord en pur esprit, sans y toucher, assis calmement à distance : tu ne sais pas ce que c'est, toi, que de conduire sa réflexion dans les arcanes d'une logique inconnue de la nôtre, pénétrer peu à peu les astuces et les sous-entendus d'un adversaire inerte et silencieux, qui n'a ni cœur ni peau et qui ne transpire même pas…

J'avais fini par conclure à l'existence d'un levier, et j'ai voulu l'écraser de tout mon poids, avec la patte, gagnant progressivement des centimètres inestimables, puis je me suis couché sur l'engin, j'ai décidé d'y mettre les dents. C'est là que le ressort a sauté. Il s'est détendu comme un fouet contre ma joue, m'offrant en prime une belle chique de macaque qui gonflait à vue d'œil. Alors je me suis mis à sautiller de place en place pour consumer jusqu'au bout cette brûlure haineuse que je sentais monter, née de la perfidie des choses inanimées.

La douleur s'est calmée et ma joue épousait à peu près la forme d'une poire, mais il s'agissait de réfléchir sur la suite de la mission, qui n'apparaissait pas beaucoup plus évidente. Où transporter cette malheureuse, et comment ? Je n'entrevoyais qu'un seul moyen, c'était de la saisir et la soulever par le cou, doucement : comme une mère, ai-je pensé. Comme une mère ses petits.

En la prenant, je m'attendais à un fardeau encombrant, or c'était hélas tout le contraire ; elle me parut légère à un point insoupçonnable et ce que je traînais entre mes dents ressemblait plutôt à une fourrure vidée, un petit drapeau sans chair ni résistance qui brillait au crépuscule. Tandis que le disque rouge du soleil s'étranglait sur l'horizon, je promenais pieusement cette chiffe molle, non sans me poser une quantité de questions à son sujet, et je lui parlais, je marmonnais en évitant d'ouvrir les mâchoires.

« Il faut m'excuser, petite mère, je n'ai jamais eu beaucoup de mémoire. Est-ce que par hasard nous nous connaissons ? Je vous ai déjà rencontrée quelque part, dites ? »

Il me venait soudain une méfiance universelle envers les chattes, le clair de lune, le bruit des feuilles, les nuits trop tièdes, toutes ces sensations sans visage, toutes ces situations sans issue… Au bout d'une heure de marche lente, des roseaux annonçaient une source, je me suis arrêté et, avec la patte en cuillère, je lui ai aspergé le museau, sans obtenir d'autre réponse qu'un imperceptible frisson de moustache. Je l'ai contemplée encore une fois, on aurait vraiment dit un sac abandonné depuis longtemps dans la poussière et le soleil de quelque port maritime, mais dont ni la poussière ni le soleil n'avaient fané les zébrures jaunes, blanches et noires qui survivaient à la déperdition du reste. Une idée m'est venue et j'ai trouvé juste de la lui proposer :

« Voilà ce qu'on va faire. Je vous laisse au pied des remparts. Après tout, j'ai donné, j'aurai fait mon possible. D'accord, petite mère ? »

Les criquets lancinants faisaient leur bruit de lime habituel. J'ai repris ma dormeuse mais d'une façon différente, car la méthode qui consistait à lui mordre la nuque tirait trop sur ma chique de macaque ; je l'ai tout simplement chargée en travers de mes épaules, comme un porteur de montagne, m'engageant ainsi sur une piste de terre rouge qui montait vers les remparts de San Felice, bien décidé à la poser là pour retourner ensuite du côté de mes chasses.

« Voyez-vous, ai-je dit, je suis disposé à toutes les solutions, mais le fait est que je n'en vois pas d'autre. A la rigueur, je pourrais franchir la muraille et vous lâcher sur le seuil d'une maison. Mais je suis un matou, moi ; et vous savez ce que les hommes leur font aux matous ? »

Le savait-elle ?

Bref, j'ai abandonné la chatte là où j'avais prévu de le faire, et je l'ai sentie couler le long de mes épaules, ni plus ni moins qu'un mince filet d'eau.

« Bonne chance, ai-je ajouté. Dire que je ne connais pas votre nom.

– Léa.

– Pardon ?

– Lé-a. »

Il me semble bien avoir fait trois pas en lui tournant le dos avant de réaliser que c'était le son de sa voix. Non, j'avais rêvé. Léa, Léa, ses yeux verts venaient de s'ouvrir et c'était comme si toutes les soudures de mon corps volaient en éclats, me rendant à mon tour incroyablement friable et menacé, tandis que je me précipitais sur elle pour la badigeonner d'un million de coups de langue. Elle avait parlé et elle s'appelait Léa. Aussi honteux qu'abasourdi, je l'enveloppai, la réchauffai à grands mouvements de râpe qui auraient labouré de désir une comateuse ; je la léchai dans tous les sens, n'oubliant aucun recoin, ni le tatouage en feuille de figuier sur le front, ni la poitrine neigeuse, ni les dorsales faméliques, ni les anneaux noirs de la queue, ni le translucide papier à cigarette des oreilles.

Léa. Et en réponse à cette folie de coups de pinceau, la chatte ne disait rien, se contentant d'esquisser un fugace sourire qui semblait signifier : « C'est parfait... C'est bien ainsi que j'entends être traitée désormais... »

Le jour commençait à rosir l'horizon et je savais que je n'irais pas à la chasse, que je resterais le ventre creux. De toute façon, Léa ne pouvait pas être abandonnée ici. Je l'ai remise sur mon dos et nous avons entrepris un deuxième voyage pour la conduire dans une ancienne cabane de bergers, une bâtisse circulaire de pierres plates avec un toit où s'épanouissent des orchidées sauvages, qui constitue le point le plus occidental de mon territoire.

Le lendemain et le surlendemain, j'ai négligé tous mes devoirs envers les autres chattes et je suis resté dans ce refuge avec elle. Je passais le plus clair de mon temps allongé sur la paille, à dormir lorsque Léa dormait, à chantonner quand elle s'étirait, à la lécher quand elle ouvrait un œil.

Quarante-huit heures se sont écoulées dans une merveilleuse harmonie, puis un après-midi je suis parti au ravitaillement. La canicule battait son plein autour de la maison du berger. Léa s'est mise debout pour la première fois en attendant mon retour : je lui ai sauté au cou, je rapportais des gâteries à bon marché, une musaraigne, un lézard, mais également des nouvelles fraîches du village pour la distraire.

« Vous savez que, de toute ma vie, je n'ai jamais posé une seule patte dans le village. Eh bien, cette fois, je m'y suis risqué. Oh, pas longtemps…

– Pas longtemps, je m'en doute, ironisa Léa.

– Et devinez à quoi les hommes s'occupaient. Ils étaient à table, en plein soleil, tous rassemblés comme je vous vois. Soudain, quelqu'un est apparu à l'autre extrémité de la place, un type qui brandissait une… une…

– Une arme à feu, tout simplement.

– Une arme à feu, c'est ça. »

Et je lui fis le récit de ce que j'avais vu en dissimulant au mieux ma frayeur, tandis que Léa demeurait parfaitement sereine. Un de ses traits de caractère, je n'allais pas tarder à m'en apercevoir, consistait en un goût prononcé pour la gazette des hommes, s'appuyant sur une fréquentation assidue de ceux-ci, que venait renforcer, entre chattes, un système de colportage des renseignements on ne peut plus fiable et dynamique.

« Connaissez-vous, dit-elle, l'histoire des deux Corses qui boivent l'anisette sous un tilleul ? »

Comme je hochais évasivement la tête, mon amie prit un air entendu ; sa voix était encore fragile et défaillante, mais tout tendait à démontrer que sa jugeote fonctionnait à merveille :

« Le père et le fils, sous un tilleul, en maillot de corps. Le père dit : "Tu vois, Doumé, comme on est bien ici. Ta sœur nous sert le pastis. Ta mère prépare le repas. On est bien, on est bien. – C'est vrai, papa, on est bien. – Écoute, Doumé, as-tu songé que tu auras bientôt quarante ans ? Il serait temps de te marier. Ta pauvre mère n'est pas éternelle et ta sœur s'en ira un jour ou l'autre. Qui nous servira l'anisette ? – Oui, papa, je vais commencer à y penser. – Allons, je vois bien que ça te fait du souci. Si tu préfères, nous pourrions chercher pour toi, ta mère et moi, une brave petite, bon caractère, avenante, sérieuse, comme ça tu n'aurais pas à te fatiguer. – C'est une idée. Oui. Mais si vous me la cherchez, cette petite, tant qu'on y est, vous ne pourriez pas en trouver une déjà enceinte ?" »

Je dus avouer que je n'avais pas entièrement compris

la chute, et je demandai à Léa, qui souriait, s'il lui était possible de la répéter un peu plus lentement. « Oh, c'est une plaisanterie intraduisible, éminemment humaine, répondit-elle. Et qui ne manque pas de sel, je trouve. »

Elle se montrait de plus en plus gaie à mesure que s'éloignait le souvenir du drame. Au troisième jour de sa convalescence, elle partit dans le maquis, impatiente de mettre à l'étude sa nouvelle façon de marcher, car il lui manquait désormais une phalange à la patte droite, ce qui lui conférait un curieux trot syncopé, basculant d'avant en arrière. Mais ce défaut n'était pas si disgracieux qu'on pourrait le supposer, et surtout ne l'empêcha pas de récolter elle-même sa provision du soir – une rainette verte pour le dîner.

Tandis que Léa flânait aux alentours, j'en profitai pour m'absenter moi aussi quelques heures. Je me rendis dans la grotte bleue et m'occupai de mes affaires. A mon retour sous la cabane, je trouvai une Léa décidément très en forme, l'humeur badine et les oreilles dressées.

« Des nouvelles du village, mon amour ?

– Il va bien le village. La fête a duré jusqu'au matin. Les nouveaux époux ont dormi dans la maison de marbre. »

Léa plissa les yeux avec subtilité et je compris que, la santé aidant, elle s'apprêtait à me plonger une nouvelle fois dans le malaise en me contant une de ses fables obscures comme un puits sans fond.

« Ce sont deux Anglais qui ont fait naufrage sur une île déserte. Deux Anglais ordinaires. Leur robinsonnade s'organise avec le plus grand pragmatisme : Edward bâtit la hutte et George cueille des fruits ; Edward invente le feu et George le jardinage ; Edward va à la chasse et George à la pêche. Puis, à la fin, George devient songeur : "My dear, nous devons résoudre également la question de notre sexualité. L'un de nous doit faire l'homme, l'autre la femme. Je te propose une devinette ; si tu la trouves, tu seras l'homme, bien sûr. Qu'est-ce qui a quatre pattes, une fourrure et qui ronronne ? – Attends, George, laisse-moi réfléchir... Un crocodile ?" »

J'ai préféré tourner la tête, faute de mieux, offusqué par le mystérieux accent anglais de ma compagne qui me rendait jaloux de n'y rien comprendre.

Mais, ce soir-là, il me semble que j'ai léché les flancs de Léa plus amoureusement encore que de coutume. Peut-être étais-je en train de deviner que nous allions bientôt nous séparer et que Léa acceptait cette toilette avec d'autant plus de plaisir qu'elle était devenue moins nécessaire.

Le lendemain matin, elle est repartie mener ses chasses en clopinant, loin de moi. Je suis revenu plusieurs fois dans la maison du berger les jours suivants.

Je reniflais la paille de lin, je m'asseyais avec mélancolie devant la porte, je l'appelais à voix haute, j'attendais, puis je m'en allais au trot sous la chaleur.

Cette cohabitation dans la cabane, ses silences et ses paresses m'auront pourtant enseigné une ou deux choses au sujet de celle qui fut ta mère. Mon impression est que l'épreuve du piège l'a entièrement détachée de sa vie antérieure, de son état ancien, de l'allaitement et de tous les soucis plus ou moins misérables qui vont avec. A-t-elle eu des enfants ? combien ? de quelle couleur ? Je préfère te prévenir avant que tu ne l'apprennes de sa bouche, si vos chemins se croisent encore : c'est comme si le passé n'avait jamais eu lieu, elle le nie, ou plutôt non, elle l'ignore. L'autre jour, je l'ai aperçue, et le spectacle était assez saisissant. Elle caracolait dans les vagues rouges de coquelicots qui descendent sur la mer, elle folâtrait au milieu de cet océan rouge, avec son trot de chatte trijambiste qui lui donnait l'allure d'un petit cheval à bascule, et j'ai songé qu'elle avait raison, au fond, qu'elle avait bien fait d'effacer tout ça, c'est-à-dire les souffrances, la prairie et toi dans le même lot, ne t'en déplaise. Léa, sur cette vague de pétales rouges, c'était une chatte beaucoup plus jeune, qui ressemblait avec une irrésistible perfection à la vierge qu'elle s'imagine être redevenue.

– Que veut dire vierge ? demanda Nelson Ollala.

Mais la voix du chaton renfermait plus un reproche qu'une question.

– Moi non plus, répondit hautainement Frankie, je ne saisis pas tous les mots de la langue. Mais, dans ce cas, j'ai le bon goût de ne pas insister et de présumer que je les apprendrai plus tard. Le reste ne me regarde plus, fais-en ton affaire. A bientôt.

Et le matou noir s'éclipsa dans la nuit, pendant que Nelson Ollala mouchait bruyamment son nez qui saignait encore.

6

Le lendemain de cette conversation, Frankie retrouva Léa couchée en rond sur une pierre plate du maquis exposée au soleil brûlant. Ils évoquèrent tranquillement divers sujets, selon un ordre protocolaire qui commençait par la situation au village et se termina cette fois sur un portrait volontairement flou, plein de zèle conjugal et de précautions diplomatiques, une fiche d'identité de Nelson Ollala, que traça Frankie tout en surveillant du coin de l'œil Léa et sans lui avouer le dixième de ce qu'ils s'étaient dit.

Léa de son côté parla d'un homme nommé Aldo Caponi : ce personnage prenait une place grandissante dans ses enquêtes depuis qu'elle croyait l'avoir identifié comme le poseur de pièges, le responsable de son martyre et de sa patte manquante.

– Comment savez-vous que c'est lui ?

– Je le sais, répondit l'omnisciente.

– Uniquement lui ?

– Uniquement.

– Eh bien, si ce voleur de marbre est précisément l'individu qui vous a amputée d'une patte, je jure qu'avant l'hiver je lui aurai fait gicler les yeux hors de la tête.

– Ce serait pour moi un grand honneur et un grand plaisir que vous lui fassiez gicler les yeux hors de la tête, mais il n'est peut-être pas utile que vous vous mettiez dans de tels frais, murmura Léa avec la distinction d'une marquise à qui on a promis une rivière d'émeraudes.

– Je le ferai, je vous assure. C'est tellement simple.

– Vos intentions sont louables, et cependant j'aspire plutôt à oublier ces mauvais jours.

– Comme je vous comprends !

– Démasquer le coupable me suffit. Cela m'apporte une jouissance arithmétique doublée d'une satisfaction morale qui renferme en soi sa propre fin, voyez-vous.

Nettement dépassé, le matou baissa les yeux sous ses lourdes paupières chiffonnées. Le regard de la chatte resta posé sur lui. Depuis le repos qu'ils avaient savouré en commun dans la cabane, il ne se passait pratiquement pas de jour sans que leurs chemins solitaires les amènent à se croiser, à renouer le commerce des informations ou à éprouver ensemble les vertus du silence.

Ils étaient devenus bons amis, à défaut d'autre chose, mais Frankie ne la touchait pas, pas encore, quelles que fussent ses envies qu'il tenait soigneusement cachées par-devers lui.

– A propos, poursuivit-il, j'ai moi aussi une aventure à vous conter. Hier soir, un chaton mal nourri et couvert de puces s'est accroché à mes trousses.

– Tiens donc, qu'avez-vous fait ?

– J'ai dû le raisonner. Mais il m'a laissé une impression étrange, on croirait qu'il ne sait strictement rien faire de ses vingt griffes.

– Où est-il ?

– Quelque part par là. Étalé sur le pré.

– Un problème d'hémorragie nasale, je suppose ?

– En gros, oui.

– Mon amour, vos façons me déçoivent. Au lieu de tabasser cet inoffensif pot de colle qui ne demande qu'à vous prendre pour exemple, essayez de penser qu'il s'agit très certainement d'un de vos fils.

– Et pourquoi pas le vôtre, alors ?

– Pardon ?

A peine avait-il fait cette remarque que Frankie s'en voulut amèrement. Il regretta d'avoir froissé Léa en s'avançant sur le terrain de son mensonge, de sa lubie la plus intime, qui consistait à se croire impubère depuis le drame du piège. La chatte se détourna, regarda ailleurs, aussi impénétrable qu'une statue de glace, et Frankie laissa échapper un soupir. Ils resteraient fâchés jusqu'au lendemain.

Un vent venu des étoiles flottait sur toutes les formes créées, sur les oliviers tordus, sur le maquis, sur les bêtes qui marchaient ou volaient dans l'obscurité. La respiration du vent descendait sur toutes choses comme un velours épais, une écorce étouffante. Le halètement du vent produisait un faux bruit de sable mouillé, annonçant inutilement le repos à la façon d'une coupe qui se retire des lèvres au moment où l'on voudrait boire. Le vent tournait, le vent passait, le vent brûlait.

Au milieu d'un pré, Nelson Ollala dormait en boule – il dormait mal. Une de ses oreilles était restée pliée en deux comme une page de livre cornée. Il sommeillait tout en émettant par intervalles de faibles spasmes douloureux, des hoquets de petit homme saoul.

Alors, une sorte de diablesse tigrée traversa le clair de lune en sautillant sur trois pattes et s'approcha de lui. C'était Léa. A peine se fut-elle assise près du chaton, qu'elle sembla déjà s'intéresser à autre chose. Elle était posée dans une espèce de garde-à-vous hiératique, contrôlant d'un regard circulaire la crête frémissante des herbes, et ce n'est qu'au bout d'un quart d'heure qu'elle se pencha enfin sur Nelson Ollala, nota tous les détails, le sang durci, l'oreille cornée, l'affolement respiratoire que le sommeil ne parvenait pas à détendre.

Après ces observations, la chatte reprit son garde-à-vous et son attitude indifférente, mais elle demeurait là, assise au même endroit. Brusquement, elle disparut dans le profond de la nuit. Elle s'absenta un long moment avant de resurgir. Cette fois-ci, elle serrait dans sa gueule un œuf de caille brun et jaune, tacheté, qu'elle déposa avec délicatesse sans l'écraser contre le ventre du petit dormeur. Après une pause, elle s'éloigna une nouvelle fois et rapporta un deuxième œuf, identique au premier, et ensuite un troisième.

C'était tout. La chatte reprit son attitude de sentinelle lointaine, guettant les ombres informes de la végétation. D'un dernier coup de patte, elle ajusta la position des œufs de caille, puis elle se pencha sur le chaton avec un mélange d'avidité, d'appétit, d'étonnement comblé, et pour finir elle s'estompa dans les ténèbres, dans ce néant qu'elle connaissait par cœur, où luisait seulement le rayon vert de son regard.

Le soleil était déjà haut quand Ollala s'éveilla au milieu du pré. Il avait beaucoup rêvé et fort mal dormi, avalant sans cesse de grosses bulles de larmes qui lui gonflaient le ventre. Et la journée ne s'annonçait guère mieux, lorsque soudain il remarqua trois œufs tachetés, posés sur l'herbe à dix centimètres de son nez. Ces Pâques tombées du ciel ne lui parurent même pas étonnantes, la vie était comme ça, il fallait s'y faire : sans y réfléchir à deux fois, Ollala perfora délicatement chaque coquille avec ses incisives. Il consomma d'abord le blanc puis le jaune, et faillit s'étouffer de plaisir.

Fendre les œufs avec les dents était infiniment plus simple que de tuer une taupe ; sur sa lancée, Ollala se mit à croire en un futur rayonnant parsemé de déjeuners miraculeux. Ensuite, il se traîna sous un buisson de groseilliers sauvages, désirant digérer en paix et surtout protéger ses yeux de la lumière coupante. C'était l'heure la plus funeste, celle où le monde semble noyé dans un désastre livide, une torpeur sans fin, incolore et huileuse. Les feuilles de chêne crépitaient, miroitaient sous le ciel blanc au-dessus des blés qui s'entrechoquaient avec un bruit de verre pilé.

Mais, peu après midi, une crampe dans les côtes le tira à nouveau de sa sieste et lui signala que les œufs de caille, pourtant fameux, avaient glissé en lui sans laisser de souvenir remarquable, aiguisant son appétit au lieu de le calmer. Il se remit alors en marche. Il ressassait dans son esprit l'épineuse incertitude de la victime prochaine et des moyens à employer. Soudain, une forme minuscule qui bougeait à l'horizon en se rapprochant régulièrement attira son attention.

C'était tout au plus un point noir, très mobile, courant en zigzags dans les champs, comme un petit bolide téléguidé par une main capricieuse. Bientôt, il reconnut un jeune lapin de garenne, grossissant à vue d'œil et qui fonçait tour à tour vers la droite et vers la gauche.

– Salut ! lança gaiement Nelson en direction du turbulent phénomène. Aïe, tu pourrais faire attention…

Le garenne arrivé à toute allure venait de le renverser comme s'il ne l'avait pas vu. Ollala s'en tira avec plusieurs culbutes, mais il se rétablit presque aussitôt et éclata de rire.

Il se lança alors derrière le lapin. La course lui donna tout de suite très chaud, mais à l'évidence c'était lui le plus rapide. Les crochets que faisait le lapin n'aboutissaient jamais qu'à le retarder davantage. Ollala le rejoignit, puis lui monta sur le dos et plaça ses incisives dans son cou. Le lapin soupira avec peine, disant qu'il aurait bien voulu s'amuser encore un brin. Nelson lui certifia qu'on s'amusait énormément.

– Pas moi, dit le lapin. Pas moi.

Il essaya de libérer sa tête ou du moins de l'agiter, mais Nelson la maintenait bien fermement entre ses dents. Le soleil de plomb les faisait transpirer autant l'un que l'autre, leur sang était prêt à bouillir. Brusquement, et de manière inexplicable, le garenne réussit à se dégager, renversa son rival avant de s'enfuir ventre à terre. Il se sauvait comme si la Providence venait de lui offrir en cadeau une demi-douzaine de pattes supplémentaires. Il s'échappait dans toutes les directions à la fois, sa fuite en ligne brisée sur les labours n'avait littéralement aucun sens.

Le fait est qu'au bout de trente secondes Nelson Ollala se retrouva collé sur son dos. Cette fois-ci, l'affaire prenait vraiment un mauvais tour.

– Est-ce que j'aurai mal ? demanda le lapin.

– Je ne sais pas, dit Nelson. On ne peut pas tout connaître avant d'essayer. Je te promets de faire vite.

Il chercha doucement la carotide et finit par la sentir rouler sous sa mâchoire. Il était si heureux de sa chance qu'il devait se persuader pour y croire. En revanche, l'odeur acide et musquée du lapin qui transpirait sous lui l'incommodait légèrement et commençait à lui couper l'appétit. Il se demanda même si cet individu sans courage n'était pas en train d'uriner, mine de rien. Le soleil tapait fort. Réflexion faite, Ollala descendit du lapin et en accomplit deux fois le tour, sous prétexte de se dégourdir les pattes (en réalité, il étudiait une position qui lui aurait permis de trucider son adversaire sans se trouver directement en contact avec les poils mouillés).

Le lapin, quant à lui, ne tremblait plus. Mais il regardait attentivement les environs, et ses flancs se soulevaient un peu plus vite à cause du manque d'air. Alors, Nelson Ollala proposa d'aller se mettre à l'ombre sous les groseilliers sauvages. Cela ne changeait rien à l'intention finale, le lapin le comprit parfaitement, mais c'était une bonne idée quand même, et il approuva.

– Que ferons-nous sous les groseilliers ?

– La même chose, en mieux.

– Bon.

Ils se mirent à marcher côte à côte, sans hâte, en direction de la tache obscure que formaient les arbustes, là-bas, sur la terre rocailleuse et blanche. Une ou deux fois, le garenne frappa le sol avec ses talons, sans donner suite à cette menace. Puis, à l'improviste, il partit comme une flèche sur la gauche, paraissant avoir oublié leurs accords passés. Il recommença ses absurdes zigzags, mais fut rejoint avant même d'avoir pu tirer profit de l'effet de surprise.

– Tu es vraiment un sale type ! grogna Nelson Ollala en le serrant un peu plus énergiquement que les autres fois et en le traînant d'une mâchoire de fer jusqu'au lieu du supplice.

Arrivé sous les groseilliers, le chaton lâcha le lapin, qui se remit en boule. Tous les deux haletaient de fatigue ; néanmoins, Ollala ne se laissa pas démonter et grimpa à nouveau sur le dos de l'autre.

– Un vicieux, un faux jeton ! Je suis le meilleur et je l'ai prouvé, reconnais-le !

– Tu n'as rien prouvé du tout, dit le lapin.

– Je te mets une minute sur un kilomètre.

– Ça ne suffit pas, s'obstina le lapin.

– J'ajouterai même que je n'ai nul besoin de toi. Chaque matin, les cailles, les perdrix et les faisanes viennent pondre près de mon lit. Si je désire ta peau, c'est uniquement pour ajouter quelques morceaux fumés à mon omelette.

– Tu es encore loin du compte.

– Prétentieux !

– Oh, je ne te méprise pas, murmura la lapin avec douceur. Je sens que nous sommes frères sous beaucoup d'aspects. Végétariens, l'un comme l'autre.

– Si j'étais toi, à partir de maintenant, je me tairais. Ta vie ne tient plus qu'à un fil, canaille !

– Est-ce moi qui ai dit bonjour à l'autre le premier ? On ne tue pas quelqu'un en commençant par le saluer.

– Tu m'avais bousculé.

– Mais, au fond, la raison de tes difficultés est toute simple : c'est la première fois, n'est-ce pas ?

– Et alors ? Toi aussi c'est la première fois, je parie.

– Bien sûr. Mais nos situations ne peuvent pas se comparer. Quand la chose m'arrivera, si elle m'arrive, ce sera un événement unique et rouge vif, un grand fracas d'éclair dans ma cervelle. Il n'y aura pas de lendemain. Il n'y a donc rien à apprendre, alors que toi…

– J'ai chaud.

– Toi, tu es condamné au carnage tous les jours. A la répétition et à la ruse. Tu te demandes par où commencer. L'émotion t'envahit. Tu es un peu pompette.

– C'est ce qu'on va voir ! dit Ollala, plein de rancœur.

A ce moment, d'une brusque secousse, le lapin se délivra et partit en trottant à travers la lumière. L'espoir et l'impatience de s'en sortir indemne augmentaient encore sa transpiration, si bien qu'il puait comme un lièvre en rut. « Charogne ! Je t'aurai ! » criait Nelson Ollala au comble de la fureur. Le lapin essayait une direction et puis une autre, sans se presser. En quelques bonds, le chat faillit le rattraper et lui mordre la nuque à nouveau, mais une lassitude subite, un doute vertigineux qui ressemblait aux élancements du désespoir le forcèrent à s'arrêter.

Là-bas, le lapin multipliait les virages et les crochets comme s'il butait contre des écrans invisibles. Un instant, il se retourna même vers la tache opaque des groseilliers en remuant le nez amicalement à l'adresse de Nelson.

La partie était finie. Dans le fond, tout ceci n'était qu'un jeu et ils avaient passé ensemble un excellent après-midi, n'est-ce pas ? Un excellent après-midi, pensa Nelson Ollala en se recouchant sur l'herbe jaune et en plongeant peu à peu dans des cauchemars sans formes ni couleurs. La famine faisait le siège de son cerveau. Un excellent après-midi. Merci beaucoup. Au-dessus de lui, des essaims de mouches butinaient les groseilles trop mûres.

7

La lune se leva, la nuit s'ouvrit toute grande comme un coquelicot. L'heure exaltante de la chasse avait sonné. Les hiboux secouaient leurs lourdes ailes en haut des chênes – mais Nelson Ollala, quant à lui, restait couché en arrondi, résolument absent, démissionnaire, hors service, excusé. Et c'était très bien comme ça. A dix heures du matin, il souleva la paupière droite (l'autre demeura close en raison d'une piqûre de taon qui lui gonflait la pommette) ; il vérifia qu'il se trouvait toujours sous les groseilliers, dans le même monde que la veille, au milieu d'un désert jaune et bleu, bleu et blanc, sans limite et sans eau.

Le chaton commença par croquer un peu d'herbe, se mit sur pied et se traîna jusqu'au fossé bordant la route. En passant, il assomma distraitement une rainette et l'avala. Ce n'était pas la première à laquelle il faisait un sort depuis son départ du village ; les rainettes ne lui posaient aucune difficulté, simplement il finissait par être dégoûté de ces peaux nues, de ces chairs blanches. Nelson Ollala avançait en balançant la tête, un œil ouvert, l'autre gonflé. Dans la paillasse de sa toison dorée où ne pénétraient plus les petits crocs disciplinés de la brosse de Rita, la confrérie des puces s'en donnait à cœur joie et sautillait vivement ce matin-là.

Cependant, en atteignant la route, Nelson Ollala eut le sentiment confus qu'une certaine amélioration était sur le point de se dessiner. Sans la moindre preuve, il se mit à penser que la fortune pourrait peut-être changer de visage bientôt. Les routes sont un spectacle intéressant quand on vit seul à la campagne. Les routes engendrent le mouvement et le mouvement engendre l'espoir. Il sauta donc le fossé, et son regard tomba en arrêt sur quelque chose d'inhabituel : là, par terre, des gouttes de sang. Du sang frais, c'est-à-dire neuf et tiède.

La découverte était assez originale pour donner un sens à sa journée. Nelson approcha son museau afin de flairer les gouttes, espacées régulièrement, environ à chaque mètre. Elles avaient la teinte profonde du rubis, quelques-unes s'étaient évanouies à l'intérieur du sol, d'autres étaient tombées sur des cailloux qui les gardaient intactes, où elles formaient de petites billes luisantes.

Il leva son regard aussi loin que possible : la trace n'en finissait plus. Attiré, bizarrement excité, il hésita un peu avant d'y mettre la langue, en avala une, puis aussitôt courut vers la prochaine. Les gouttes étaient comme des cerises salées ; le contact de la pierre les avait imprégnées et aussi le parfum entêtant de la nuit ; en plus de ça, elles étaient nourrissantes, elles étaient désaltérantes.

Il songea que, s'il réussissait à en lécher cinq cents ou mille, il deviendrait aussi fort que le matou noir.

C'était une pure supposition, évidemment. Mais ce déjeuner l'occupa néanmoins très longtemps ; il nettoya chaque caillou de la route, obligé quelquefois de rivaliser avec les fourmis qui se précipitaient vers les perles rouges comme des colonnes de combattants à l'assaut d'une ville de pagodes et de lacs.

Tout occupé par sa tâche, Nelson n'avait guère le temps de prêter attention aux images rapides qui sillonnaient son cerveau. Autrement dit, il ne pensait à rien et l'idée ne l'effleurait même pas qu'en réalité il marchait vers un but précis. Ce n'est qu'au bout de deux heures qu'il finit par entreprendre une réflexion sur sa propre conduite. « On dirait que je poursuis quelqu'un », observa-t-il.

Et alors, il accéléra l'allure, c'est-à-dire qu'il commença à négliger un certain nombre de gouttes. La canicule montait très vite et la terre retrouvait cette gangue de blancheur morbide qui l'enveloppait déjà le jour précédent, ce goût épais de sirop médicinal. « Oui, je poursuis quelqu'un, mais qui ? se répéta Nelson Ollala. Ce quelqu'un est blessé. La chaleur le fatigue. Ce que je vais faire est tout simple : je l'achèverai et puis je le mangerai. Je le mangerai. Je le mangerai. »

Porté par cette incantation, il courait sans s'arrêter...

Environ vingt minutes plus tard, il aperçut enfin l'individu qui avait répandu derrière lui ces milliers de cerises salées et, à sa profonde consternation, il s'agissait d'un de ses semblables : jaune et triste, un grand chat avançait péniblement en écartant les pattes arrière. Un cousin, quelle horreur ! Une douche glacée dégringola sur le dos de Nelson, il fit tout son possible pour oublier à l'instant même les pensées et les actes dont il venait de s'enivrer éperdument, surtout les actes, ou plutôt non, surtout les pensées qui l'avaient conduit jusqu'à imaginer d'autres actes et d'autres crimes bien plus répugnants que le fait de cannibaliser des gouttes de sang vermeil sur le bord de la route. Et, ayant fait en lui tout le nettoyage nécessaire pour oublier les actes et les pensées, il parvint à la hauteur du malheureux chat jaune, s'éclaircit la voix et lui adressa les paroles rituelles :

– Salut, longue vie et paix sur les tiens.

L'autre ne broncha pas, on aurait dit un sourd tout

entier tendu vers quelque bourdonnement intérieur, fermé au monde, claquemuré. Il ne daigna même pas tourner la tête, mais Nelson se rangea sur son côté gauche et régla sa vitesse sur la sienne.

Ils parcoururent ainsi trois ou quatre kilomètres rectilignes à travers la poussière et la brume de chaleur, sur le sol rocailleux qui montait et descendait. Les deux chats marchaient de front, sans un mot. Par intervalles, Nelson Ollala jetait un œil en arrière et constatait que les cerises de sang continuaient à s'égoutter avec une molle obstination, comme les pertes d'un robinet usé, grinçant et ferrugineux.

– Sais-tu où mène cette route ?

Nelson sursauta ; c'était la première fois que le blessé ouvrait la bouche.

– Je pense qu'elle monte vers le désert des Agriates, mais je n'en suis pas sûr.

– Quelle chaleur, les pierres vont éclater… J'avais douze maîtresses là-bas, oh je ne me fais pas de soucis pour elles, la loi est claire.

– La loi ?

– Eh bien quoi, tu n'as jamais vu un châtré ?

Nelson écarquilla les yeux.

– Ce serait bien, reprit l'autre, si j'atteignais le château avant la nuit.

– Puis-je savoir quel est ce château dont vous parlez ?

Mais la seule réponse fut un ricanement péremptoire qui trébucha comme une lamentation sur la terre craquelée. Le silence s'installa à nouveau, un silence que Nelson Ollala ne réussirait plus à briser. De fait, un peu plus tard, il se résigna à s'asseoir sur le talus, contemplant le chat jaune qui s'amenuisait au fond de la plaine et qui lui avait fait comprendre clairement qu'il était en trop, que leur voisinage avait assez duré.

A le voir disparaître ainsi, fantôme souffrant, il n'éprouvait pas seulement de la gêne, mais plutôt une intense curiosité, une envie de lui courir après encore une fois, de l'accompagner jusqu'à ce château qui semblait le but du voyage.

Bien sûr, il n'en fit rien. Retournant aux préoccupations les plus urgentes, il se mit en quête de l'ombre et de l'eau, les deux éléments que la nature distillait avec une avarice extrême en ce lieu. Pour ce qui est de l'eau, aucune trace, mais sur un monticule proliféraient d'impressionnants figuiers de Barbarie, hérissés de grandes oreilles épineuses, bardées de cuir, qui les faisaient ressembler à des guerriers intergalactiques. Une figue orange et vert gisait sur le sol : procédant avec des ruses d'artificier, Nelson Ollala parvint à lacérer le fruit et à en boire le jus sans s'empaler les pattes aux dangereux dards velus. Quiconque a jamais essayé de décortiquer une figue de Barbarie appréciera la prouesse.

La recherche de l'ombre le conduisit finalement sous une vieille bâtisse de pierres plates, en partie éboulée, où poussaient des renoncules et des orties. Les chats ont le génie des ruines : à l'intérieur, Nelson Ollala dénicha quantité de choses passionnantes, les cendres d'un feu, un peigne ébréché, une soupière, un tas d'excréments et même un énigmatique morceau de miroir. Il contempla l'éclat de verre triangulaire, s'interrogeant sur son utilité. D'abord, il le flaira ; le miroir était totalement dépourvu d'odeur, ce qui rendait sa classification encore plus délicate. Il regarda dedans et il ne vit rien, non pas un autre chat, ni lui-même ni personne. Rien, seulement le nuage de son haleine recouvrant peu à peu la glace lisse.

Les événements de la journée lui laissaient une impression aussi confuse que ce verre embué et sans odeur. Il s'installa près de la soupière et s'endormit.

Nelson réussit à survivre un certain nombre de jours sans consommer rien de valable, en grattant simplement une décharge publique pour y pêcher des peaux de melon, des boîtes de lait rance, des asticots, des carcasses et d'autres matières innommables, putrides, racornies. Cet état de clochardise et de déréliction lui allait en fin de compte comme un gant, jusqu'à la toilette sur laquelle il faisait l'impasse, n'ayant à plaire à personne. Du moins, ce mode de vie lui épargnait-il de regarder en face le défaut honteux dont il souffrait : l'inaptitude à tuer pour se nourrir. C'était une capitulation qui ne manquait pas de charme, mais le destin avait déjà prévu de le sortir de ces facilités et de lui rendre sa fierté.

Un matin de juillet, alors qu'il revenait de la visite d'un tas d'ordures, en traversant une parcelle de céréales, il vit soudain la vague du grain se fendre en deux comme la mer Rouge devant Moïse et livrer le passage à une imposante silhouette qui n'était autre que Frankie.

Nelson ne l'avait pas revu depuis ce long monologue sous la lune, par lequel il avait pris connaissance de ce qui était arrivé à sa mère, de son sauvetage, de ses transformations et de sa bizarre indifférence à l'idée de maternité. Le récit du matou noir, Nelson l'avait gardé précieusement comme une clef, une belle clef inutile ouvrant sur un trésor perdu. Aussi, en retrouvant Frankie, laissa-t-il éclater une joie qui valait largement pour deux, et elle était tellement sincère, cette joie, que Frankie n'hésita pas longtemps entre l'emploi rustique de sa massue, dont l'efficacité n'était plus à démontrer, et l'usage de ses narines qui le renseignaient sur le motif de la rencontre. Exceptionnellement, Frankie baissa la patte qui s'apprêtait à frapper et choisit plutôt la réflexion.

Le chaton lui donna le sentiment d'être à bout de souffle. Ses prunelles étaient tirées en arrière, aiguisées par cette lueur de démence que suscitent à la longue le jeûne, le mauvais sort, l'errance ou les persécutions de toute nature. Sa langue brune et cartonneuse pendait hors du palais, la vermine pullulait sur son dos, mais tout ceci n'était rien en comparaison de l'odeur de son poil, qui empestait autant qu'une cargaison de harengs saurs.

– Recommençons donc à zéro. De quoi s'agit-il ?

– Je veux que tu m'apprennes à tuer.

– A tuer ? Tiens, comme c'est drôle. Tu ne sais *vraiment* pas ?

– J'ai essayé, deux fois.

– Mais c'est l'enfance de l'art, voyons, on tue comme on respire, comme on aime, comme on joue. Il y a quelquefois des ratages en pleine lumière et puis de surprenantes réussites dans le clair-obscur. Tout le secret du tueur est dans le naturel. Quelque chose comme la simplicité d'un prénom qui sonne bien à l'oreille. C'est pourquoi il m'arrive de l'appeler la fleur de minuit, car c'est elle, cette fleur, qui parfume nos nuits de carnivores. Mais dis-moi… es-tu d'abord certain d'aimer la vie ?

– Oui, j'aime la vie ! rugit Nelson Ollala dans un spasme si douloureux et si longtemps refoulé qu'il faillit s'en étrangler.

– Je vois, tu l'aimes nerveusement. Ces dispositions d'esprit ne sont peut-être pas les meilleures, mais nous ferons quelque chose pour toi.

– Je suis pressé. Je pars de zéro, c'est toi qui l'as dit.

– Minute. Il faut commencer par boire. Tu es si laid et tu pues tellement que tu serais capable de liquéfier ta victime par la simple émanation de ton haleine mortifère.

– Je meurs de soif, gémit Nelson Ollala.

Le matou quitta le champ, gagna un monticule parsemé de sauge en fleur et, ayant cherché puis trouvé l'endroit qui convenait, déchira le sol de ses ongles courbes. Une impression de frais se fit sentir, puis un ruissellement un peu sorcier sur lequel Ollala se jeta avec frénésie. Il buvait, il buvait, sa langue toute marron redevint instantanément rose, il buvait encore, des litres et des fûts, sans rencontrer jamais les limites ultimes de la soif. La nuit de l'eau entrait, entrait et voyageait à travers ses organes calcinés et durcis par l'épouvantable lumière de ce mois de juillet. Les grandes orgues de l'eau bourdonnaient à tue-tête dans son ventre, chantaient dans tous ses creux, remplissaient cet espace ténébreux de l'intériorité du corps qui se révélait soudain plus vaste et plus réel, plus méconnu et plus intéressant que la dimension extérieure, celle de la plaine et du soleil.

Il buvait en fermant les yeux, tout à la fois épanoui

et concentré, lapant éperdument la source. Il buvait autant qu'une caravane de chameaux, autant qu'un stock d'éponges confisquant à son profit la ration souterraine des eucalyptus, des peupliers, sous l'œil de Frankie qui se voulait impartial mais qui n'assistait pas sans émotion au spectacle de ce complet rassasiement. Il aurait fallu lui dire d'arrêter, mais le matou assis et vigilant le laissait faire. Enfin, Nelson Ollala releva sa moustache et parut épuisé comme au terme d'une nuit d'orgie.

– Bien, dit Frankie, maintenant ta leçon.

– Quelle leçon ?

Il était vraiment saoul.

– Va pisser, ordonna Frankie.

Nelson Ollala se dirigea en chancelant derrière un buisson, ferma les yeux et urina dix bonnes minutes, opération qui le rendit frais comme une rose. Toutefois, une sorte de torpeur orientale pouvait se lire dans son regard soudain sérieux, comme chaque fois qu'une circonstance grave s'annonçait.

Il revint s'asseoir en face de Frankie, lentement. Mais quand il prit la parole, un son nouveau s'en échappa, l'impression que sa voix venait de muer en un éclair : toute la part d'enfantillage qui lui était habituelle avait fondu, remplacée brusquement par une matière rauque, une couleur de timbre assourdie et feuilletée comme les ciels d'ardoise ou de plomb préparant l'orage.

– Écoute, tu vas m'apprendre à tuer et ce sera pour moi une transformation aux conséquences prodigieuses. Sans compter qu'après cela je ne serai plus l'éternel gêneur venant te taper sur le système avec son gros bouquet d'admiration dont tu n'as que faire, je le vois bien. Nous serons quittes et nous nous saluerons. Mais je voudrais d'abord savoir une chose, grand matou. Connais-tu tes parents ?

– Non, vraiment, m'as-tu bien regardé ? Quel couple de déments aurait pu sérieusement fabriquer ça ? Cabossé, couturé, dentelé, rapiécé, des canines en rasoir, des oreilles en salade, voilà ce que je suis : le résultat de mes œuvres. Tout le reste est dénué d'importance.

– Mais ton père...

– Parlons-en. Il était déjà très vieux lorsque je suis né, et surtout il était aveugle. La vue étant d'ailleurs la seule dimension qui lui faisait défaut, ses autres facultés fonctionnaient à merveille. Le jeudi, jour de marché, il se rendait sous les remparts de San Felice, il parcourait à tâtons l'allée centrale entre les mollets de la foule et finissait par se poser devant le poissonnier, qui lui jetait invariablement un flétan ou une dorade. Est-ce que tu crois à cette histoire ?

– Bien sûr.

– Moi, non. J'ai beau savoir que ce genre de choses t possible, il faudrait me payer cher pour traverser une foule. Une foule ! Des canailles de tous poils, des marchands de fourrure, des sélectionneurs de race, des purificateurs ethniques, des égorgeurs en série !

Il s'était remis à marcher dans un sens et dans l'autre, distribuant sur son passage de larges coups de fouet qui sifflaient. Nelson Ollala était assez triste de l'entendre s'exprimer en ces termes, mais surtout il commençait à regarder Frankie différemment, car jusqu'alors le matou lui avait semblé être la plus libre des créatures, un aventurier généreux, adonné à toutes les jouissances fraternelles du monde, et peu à peu, au contraire, il lui faisait l'effet d'un prisonnier rongeant ses barreaux avec désespoir, enfermé dans ses obscures limites, dans son obscure protestation, dans une insatiable colère aussi sombre que le noir absolu de son pelage, et sans issue, et qui le laissait seul.

De surcroît, Nelson Ollala jugeait inconvenante cette logique simplificatrice, car admettons, se disait-il, qu'un assassin soit dissimulé au milieu de la foule. Convient-il pour cela de haïr tous les hommes ? Je crois que ce serait une raison de les estimer et de les apprécier davantage, en reconnaissant les efforts qu'ils accomplissent pour domestiquer cette énergie morbide, la fabuleuse tentation du crime qui, sans aucun doute, les pénètre et les habite également, souterraine, prête à bondir, aussi puissante chez les uns et les autres, dans celui qui cède et dans ceux qui résistent…

– Il y a le ravin, mais aussi la route ou le pont qui l'enjambe. Je me demande lequel est le plus vertigineux. Le précipice ou la route qui s'élance par-dessus ? Il me semble que c'est la route, car ceux qui l'ont construite ont bien été forcés de plonger d'abord leurs yeux tout au fond du vide.

– Hmm, trop compliqué pour moi, grogna Frankie. Voilà que tu parles comme les chattes, à présent.

– Mettons-nous au travail ; ma leçon. Non, attends encore : et ta mère, à quoi ressemblait-elle ?

Frankie éclata d'un rire tout à fait imprévu.

– Ma mère était une dure dans sa jeunesse, ah ah ah ! Toute blanche, avec un dos pointu comme un parapluie. Recherchée pour double homicide… Mais je te raconterai cela une autre fois, il est tard.

« Il y aura donc une autre fois », nota Nelson Ollala.

Le matou détourna la tête et fit un bond vertical, puis un deuxième. Sa souplesse était inouïe, la surnaturelle aisance du boxeur poids lourd que la nature aurait doté d'une agilité sans aucun rapport avec sa corpulence. Nelson demeurait ébahi, ne pouvant s'empêcher de lever les yeux à la cadence des bonds, qui maintenant se multipliaient. Mais si c'était là sa leçon, il ne comprenait pas pourquoi elle commençait par un exercice impossible et absurde, pourquoi on devait attraper des hirondelles plutôt que des taupes ou des souris.

Et cependant Frankie continuait à sauter, sans le moindre succès. Dix fois, vingt fois. Entraînement d'athlète. Il griffait l'air, il rugissait et, lorsque son corps se trouvait suspendu à deux mètres du sol, on entendait un claquement sec qui donnait l'impression que ses reins renfermaient une cartouche de poudre.

Mais, à la fin, il y eut une détonation différente des autres, un claquement plus mou que les précédents, plus humide, et cette fois-ci Frankie retomba à terre les mains jointes : ses paumes étreignaient une hirondelle. Il la déposa devant Nelson. Elle était vivante, abîmée.

– Tue-la, dit-il.

Le chaton se jeta dessus, puis il serra. Néanmoins, l'hirondelle réussit à se dégager et fit trois sauts de travers à l'insu de son persécuteur. Nelson regarda ses pattes : elle n'y était plus. Il la chercha, la retrouva et la serra encore. Elle disparut presque aussitôt en sautillant. Il la chercha, elle était derrière lui. Il voulut l'observer. Ses ailes traînaient comme un vieux parapluie. Sa gorge était d'un blanc roux. Elle essaya de se cacher, il la rattrapa à nouveau. Il la pinça avec ses dents et, tout d'un coup, il s'aperçut qu'elle était morte.

Nelson Ollala fut extrêmement surpris d'être arrivé à ce résultat de manière si naturelle, sans l'avoir vraiment voulu, rien que dans l'excitation du jeu. Il se coucha alors près de l'hirondelle, la garda au chaud près de son ventre, comme un trésor inestimable qu'il ne pouvait accepter de détruire, surtout pas en la consommant.

Les yeux gris de Frankie ne l'avaient pas quitté.

– Très bien, dit finalement celui-ci. Passons à la suite… Lève ton nez en l'air. Il y a une autre hirondelle qui tourne sans arrêt, elle crie et te regarde : c'est la Veuve, tu viens de supprimer son époux. Tout à l'heure, elle ira dormir. Tu la suivras, toi en bas, elle en haut ; toi faisant des bonds et elle des boucles. Vous partirez ensemble. Sans doute a-t-elle fini de couver, mais les petits qui viennent de naître, une hirondelle seule ne peut pas les nourrir, c'est impossible : l'épuisement, l'affolement. Alors elle les jettera à terre un à un, et ils seront pour toi si tu as su patienter. Je t'ai tout dit.

Ollala écouta bouche bée ces étranges propos. Jamais personne ne lui avait parlé ainsi. Il leva les yeux, la voûte céleste était d'un sombre bleu ardoise, un bleu de cendres ou de lavande, inégal et feuilleté, brûlant de menaces prochaines et des calories accumulées pendant le jour. Plus loin que cet espace globuleux, il y avait une fraîcheur plus claire qui désignait le côté opposé à l'orage.

Ollala s'étira, prit son élan et quitta Frankie sans même vouloir goûter la chair de sa première proie de plumes qu'il abandonna toute tiède dans l'herbe. Peut-être en faisait-il cadeau aux dieux. Il ne marchait pas, ne courait pas, mais bondissait ici ou là à travers les landes et les prés sur lesquels s'étendaient l'étouffant crépuscule et sa pauvre lumière de plomb.

Il ignorait absolument la destination que l'hirondelle lui réservait, arrimé de tout son être à cette touffe voyageuse, à ses points de suspension qui étaient comme la sténographie des paroles du matou. « Une hirondelle seule ne peut nourrir ses petits. » Lui en bas, elle en haut, frôlant les nuages, elle se déplaçait dix fois plus vite que son poursuivant, mais elle accomplissait aussi dix fois plus de détours, soit dans le but explicite de l'attendre, soit parce qu'elle ne connaissait nulle autre forme de mouvement que celui de la spirale et des méandres.

Elle était démesurément avide de manger, de manger jusqu'au dernier moucheron qui oserait encore frémir dans la clarté blafarde. Et c'était au nom de ce dernier brin d'espérance, cette vermine à saisir, que son cri joyeux déferlait hors d'elle. C'était pour ce moucheron de rien, ce plancton soluble dans l'espace, qu'elle multipliait les plongeons passionnés, les virages suicidaires, les arabesques mystérieuses. Les espoirs de sa journée n'étaient aucunement proportionnels à l'énergie qu'elle déplaçait pour les atteindre. Est utile, en fin de compte, ce qui vous lave. La course de Nelson Ollala à travers champs eut pour effet de séparer et de filtrer la partie lourde de sa conscience, les grains impurs qui lui pesaient au cœur et dont il se trouva débarrassé rien qu'en passant dans ce tamis qui consistait à perdre haleine pour s'accrocher de toute la force du regard au signe céleste de l'hirondelle.

Lui en bas, elle en haut, ils arrivèrent ainsi aux portes des habitations, c'est-à-dire devant la muraille de San Felice, imposante, avec ses profondes lézardes, sa couleur de brûlé et ses nids de frelons. Pourtant, Ollala ne l'avait même pas vue surgir, il ne l'identifia qu'au moment où il se trouva pratiquement le nez dessus et qu'il en respira la poussière, comme ces enfants qui ont passé tout leur après-midi le cou à la renverse en serrant dans leurs poings le fil de nylon d'un cerf-volant.

Étonné du voyage, encore plus surpris d'être revenu au point de départ, il bâilla de fatigue, resta distrait quelques secondes et du même coup perdit de vue la Veuve. Où était-elle passée ? Il croyait encore entendre sa clameur, cette musique qui persistait au profond de ses tympans, attirante et aiguë, mais il ne voyait que les bougainvilliers à fleurs mauves, l'enfilade des toits et des campaniles, les escaliers blancs, le ciel vide, et surtout l'écran de la muraille derrière laquelle elle avait disparu.

8

Le village n'avait pas changé. Tous les villages de la terre n'ont d'autre raison d'exister que celle-ci : ils perpétuent dans une définition trompeuse et dans une forme immuable l'idylle centenaire que les hommes s'imaginent avoir laissée derrière eux. Mais y retourner, c'est mourir, on le sait bien ; Nelson Ollala lui-même était au courant et il ne serait jamais revenu à San Felice – dont les escaliers, les campaniles génois et les toits de tuiles épousaient assez bien les contours torturés de ses terreurs et de ses peines – si Frankie ne lui avait pas fortement expliqué que pour apprendre à tuer il devait suivre le signe noir de l'hirondelle, où qu'elle aille.

Aussi rentra-t-il au village avec le sentiment mitigé d'être attendu par le meilleur et par le pire. Or, pratiquement au même instant, voici ce qui se passait. Néron le barbier était debout dans sa cuisine de célibataire en train de surveiller deux saucisses et trois oignons qui fricotaient sur un antique réchaud à gaz. Soudain, le barbier grimaça de douleur, mais aussitôt la grimace se changea en sourire. Il surveillait distraitement la cuisson des saucisses et des oignons quand une goutte d'huile avait jailli par mégarde dans sa main.

L'homme poussa d'abord un grognement de bête, contempla la chair de sa paume, le rond brûlé au milieu, qui présentait le diamètre d'une pièce de dix centimes, et c'est à cet instant qu'il commença à sourire.

Les voies du bonheur sont mystérieuses. L'inspiration était née. Néron descendit dans la rue, ayant perdu l'appétit et laissant en plan les saucisses qui refroidissaient dans le graillon. Il était en chemise légère, portant aux pieds de vieilles sandales dont la courroie se relâchait. Dehors, tout paraissait mort, seulement cette lente vague de plomb fondu s'épaississant à chaque pas, le liquide blanc et gris de l'air qui croule sur vos épaules, dans une lumière aveuglante.

Néron atteignit la muraille puis la dépassa, découvrant toute la plaine pareille à une cuve où l'on aurait broyé d'invisibles géraniums. Le parfum des pierres et celui des fleurs vous cisaillaient la gorge.

Il serra les doigts, les referma et les ouvrit plusieurs fois pour apaiser le picotement du rond brûlé, qui dessinait maintenant une cloque. Un talisman. Et il sourit encore.

Puis, l'homme observa intensément le troisième lacet de la route ; là, un cognassier chargé de fruits étirait ses branches tordues, mais tout contre l'arbre on apercevait une bestiole qui se déplaçait en sautillant. La chaleur écrasait la marmelade de coings, incrustait ses pulpes dans le goudron fondu. Néron entendait d'ici les guêpes voraces se disputer et s'engluer aux rubans de confiture brune qui empoissaient le sol. Le bourdonnement de frénésie gonflait sous la lumière, Néron observait sans relâche le chaton, et le sourire flottait toujours sur ses lèvres.

A cette minute, Nelson Ollala qui sautillait près du cognassier repartit en courant et s'engouffra dans la maison de fibrociment qui venait de se construire, la maison d'Alexis et Rita. L'homme se fit la réflexion que le chat poursuivait quelque chose, certainement un oiseau car il avait le cou à la renverse et tremblait des mâchoires dans une attitude de convoitise tout à fait significative.

Néron aurait voulu le capturer là, à l'intérieur de cette maison où il venait d'entrer, mais ce n'était pas permis. D'ailleurs Nelson Ollala réapparut quelques instants plus tard, dans la même attitude dont le sens s'éclairait peu à peu. Il grelottait toujours des mâchoires et portait la queue en point d'interrogation.

Une hirondelle lui effleura le crâne. Le chat sauta et retomba.

En quelques bonds, Néron combla la moitié de la distance qui le séparait de Nelson, lequel se dirigeait tout droit vers ses mains tendus.

Néron s'avança encore. Son sourire était rouge comme un fruit et salé comme le sang.

… Le chaton ferma les yeux et les ouvrit, sentant les mains qui le saisissaient. Il respira une dernière fois la route et son parfum de silex éclatés, de géraniums en fleur, il s'indigna de la douleur dans ses nerfs, la trouvant prétentieuse comme le chant d'un coq.

… Il respira la route, son parfum de silex éclatés et de géraniums en fleur, puis, sentant la vie l'abandonner, il tira, il cracha, il rugit et mordit dans la main grasse et rose qui s'était aplatie comme une pelle sur son dos ; en vain, car une deuxième poigne le souleva du sol, le tétanisa en lui pinçant la moelle épinière.

… Ainsi, pendant quelques rapides secondes, il demeura pendu entre ciel et terre, raide comme une momie. Mais son bourreau l'avait en même temps retourné à l'envers, ce qui lui donna tout le loisir de le dévisager, de le mesurer. Que c'était vaste, la figure d'un homme ! Que c'était brumeux, que c'était obscur !

… Le cou en avant, figé comme la justice, Nelson Ollala promenait son regard à la périphérie de cette énorme nébuleuse gris-bleu qui sentait la sueur ; il en faisait le tour avec un lent désespoir, essayant d'imaginer de quel côté allait surgir la lame. Car il en faudrait une, forcément. La souffrance du chaton augmenta, les instants s'écoulaient, toujours pas de rasoir, et pourtant quels yeux !

… Que c'était variable, que c'était mauvais, que c'était sournois ! Mais comme il ne voyait briller aucun instrument sur le pourtour de la nébuleuse, il en déduisit que l'homme avait l'intention d'agir avec ses dents, le châtrer ou lui tailler la peau. Alors, il voulut soutenir une dernière fois son regard, et ce regard lui apparut incroyablement affligé, on aurait dit un territoire du bout du monde, battu par les vents et privé d'espérance, un Cap de la Désolation où le diable lui-même refusait de s'aventurer.

… Et soudain, en effet, la tristesse de ces yeux de lande submergea tout le reste, l'absurdité se transforma en une fatigue de vivre à laquelle rien ne pouvait plus résister.

… Soudain, oui, Néron baissa les bras, relâcha la pression. Nelson Ollala mit un moment à comprendre sa chance qui défiait toute logique, puis il s'aperçut que les coussins de ses pieds étaient revenus toucher la terre bien-aimée, il sentit également qu'on ne lui serrait plus la peau du dos. Bref, incrédule et intact, il tira sa révérence et disparut à la vitesse d'une flèche, claquant des mâchoires comme s'il avait voulu découper le vent en étroites rondelles.

C'est ce jour-là que Néron le barbier se donna la mort, à quatre heures de l'après-midi dans sa cuisine. Il se donna la mort en sandales et chemise d'été, à côté de la poêle à frire et du réchaud, et comme c'était non seulement un dépressif chronique mais aussi un solitaire taciturne qui ne recevait que de rares visites, hormis celle du facteur, une nuit s'écoula avant que l'événement ne s'introduise dans les conversations de San Felice.

Les conversations humaines, bien entendu : car, en revanche, il est possible d'affirmer avec la même exactitude que le cadavre de Néron encore tiède et dans un état présentable fut découvert le soir même, fut exploré et reniflé sous tous les angles, mais le résultat de ce constat ne se répandit guère sur la place publique. La chatte tigrée venait de confirmer une fois de plus ses facultés d'omniscience. Léa était arrivée dans la maison du mort en moins de vingt minutes, et deux heures plus tard elle s'entretenait avec Frankie pour le bilan quotidien.

– Des nouvelles du village, mon amour ?

– C'est plutôt à vous qu'il faut les demander, ma chère. Je suis un sauvage, moi, vous savez bien.

– Que m'offrez-vous si je vous annonce un pendu ?

– Célèbre ou quelconque ?

– Un pendu de premier choix. Avec de gros pieds débarrassés des soucis terrestres, à dix centimètres du sol.

Et les yeux de Léa, mollement étendue sur sa pierre plate préférée, brillaient de gourmandise et de satisfaction en racontant comment elle avait pénétré dans la cuisine qui sentait le suif et l'ammoniaque, comment elle avait vu ce corps balançant qui paraissait soudain si désarmé et si aérien, puis trouvé sur la table une fiole débouchée avec un reste de liquide amer, comment ensuite elle avait pris plaisir à respirer sur l'homme une odeur de sève nouvelle, odeur de mandragore érotique et poisseuse, puis elle s'était assurée de la résistance de la ficelle maintenue par un croc au plafond, et comment ce spectacle inespéré lui avait agréablement chatouillé l'estomac, si bien que pour finir elle s'était jetée sur les saucisses froides qui étaient les meilleures saucisses qu'elle eût jamais mangées.

– Tout ceci est rempli de bon sens, dut reconnaître le matou. Je n'aurais pas su faire mieux.

– Merci.

– A propos, avez-vous revu récemment notre jeune protégé ? Que devient-il ?

– Ce ton de miel que vous prenez à son sujet me rassure et me plaît. Je vous ai connu plus maussade.

Non, pas de nouvelles, mais laissez-moi réfléchir.

La chatte prit une profonde inspiration et se frotta le front comme une cartomancienne plongée dans les fluides anamorphoses d'une tasse de café, interprétant une fumée ou une photographie. Elle évoluait avec aisance dans ces rébus qu'elle était seule à deviner.

– Je crois qu'il dort. Il est dans un endroit aussi brûlant qu'un four. Autour de lui, il y a des mouches de toutes les couleurs qui dansent le sabbat, mouches dorées, mouches vertes, mouches à vinaigre... Il va bientôt ouvrir un œil. Une hirondelle le réveillera. Je n'en sais pas davantage.

Effectivement, Nelson Ollala reprit conscience le lendemain midi très assoiffé, après avoir dormi dix-huit heures d'affilée sur un tas de luzerne où il avait creusé son trou, dans l'appentis de la maison de fibrociment. Le soleil trépignait sur la tôle ondulée, rendait le lieu irrespirable, sauf pour les mouches de toutes les couleurs qui pullulaient dans ce réduit obscur. En s'étirant, Ollala les observa : les unes s'assommaient contre le carreau noirci d'un soupirail, les autres trottaient par centaines le long des poutres ou venaient humer les fleurs de luzerne, et toutes ensemble, elles produisaient une rumeur, une lame de fond qui exprimait l'ivresse, l'été et le poids de la canicule.

Brusquement, un gazouillis mélodieux lui fit lever le menton vers la poutre principale. La Veuve ! C'était bien elle, oui, avec sa queue de cérémonie, à deux mètres au-dessus de sa tête, posée de biais comme une clef de sol, agrippée au parapet d'une circonférence de brindilles et de mousse. La Veuve et ses enfants. Ils étaient disposés en un demi-cercle parfait autour d'elle, et le chaton ne distinguait que cela : un collier de petits becs jaunes bâillant démesurément dans l'effort de la digestion ou dans l'espoir d'une prochaine purée de moustiques.

Nelson Ollala compta les becs jaunes et en trouva six. Quant à elle, sa respiration était anxieuse, pressée ; elle se trouvait au centre du demi-collier, d'où elle fixait attentivement son interlocuteur. Elle avait un œil d'Égyptienne, mauve et noisette, usé, un peu liquide.

Et cet œil, curieusement, ne contenait rien d'inamical, pas la moindre nuance de reproche. Ollala en était fasciné.

Elle fit plusieurs voyages, elle s'envola et elle revint, par intervalles de dix minutes. Dès qu'elle franchissait la découpe lumineuse de la porte, les six gloutons entonnaient un fabuleux cantique qui aurait donné des vertiges à n'importe quel félin, fût-il comblé, avachi et sourd.

Ollala n'était guère sourd et encore moins comblé,

la famine affûtait ses sens, il notait soigneusement tous les détails prometteurs comme l'aurait fait un amoureux qui voit sa belle sur le point de succomber – et ces détails ne manquaient pas : l'agitation des ailes, l'espèce de panique respiratoire qui saisissait la malheureuse. Ses arrêts de plus en plus longs sur le bord du nid...

Ollala déduisait, attendait. Il faisait ses comptes. Il était tout simplement aux anges.

Une nouvelle fois, l'œil d'Égyptienne se posa sur lui. Ce fut un échange prolongé, bienveillant, et il comprit, sans vouloir éclaircir ce mystère, qu'ils étaient désormais réunis dans le même projet, lui et elle. Unis pour la vie, unis pour la mort. Cela lui semblait extraordinaire et n'allait pas sans lui causer un certain affolement. Sous son menton, un bruit de grelot vite étouffé roula et s'acheva en un bâillement un peu forcé, destiné à ramener l'harmonie dans ce désordre de la chair. Il ne bougeait plus.

Finalement, vers midi quinze, ce qui était à prévoir arriva : un petit se détacha du plafond comme une pêche molle.

Il tomba en ligne droite, non pas sur le ciment directement, car il y avait un plantureux tas de crottes par terre, si bien que l'oisillon rebondit plusieurs fois sur le gâteau d'excréments.

La chute ne l'avait tué qu'à moitié. Tout aveugle et

laineux qu'il était, il donnait encore de la voix, malgré tout, et même il redressait le cou.

Alors, sans se hâter, Ollala descendit du coussin de luzerne et accomplit exactement vingt-huit pas. Ensuite, il s'immobilisa, écoutant de très près la minuscule symphonie solitaire et protestataire interprétée par l'hirondeau. Il inclina l'oreille pour l'entendre encore mieux, puis il le poussa sèchement avec sa patte. L'oisillon effectua trois tonneaux en émettant un gargouillis flûté.

Nelson estima avec joie qu'ils allaient se divertir longtemps ensemble, et sa bonne humeur était telle qu'il se sentait capable de renoncer au repas pour le jeu. Du moins, c'était ce qu'il croyait. Mais, soudain, ses maxillaires claquèrent un grand coup et la drôle de musique s'éteignit aussitôt. Nelson en fut désolé ; il dévora très vite son casse-croûte, puis se lécha le bout des gants, le museau et, ceci étant fait, il regagna lentement son poste de guet.

Il songea qu'après tout les bonnes choses ne faisaient que commencer. Là-haut, la respiration de la Veuve s'usait un peu plus à chaque ravitaillement. Dans sa gorge, deux syllabes revenaient sans arrêt. Édith. Édith. Édith. Deux syllabes qui étaient criées et répétées avec une sorte de désespoir aigu. Nelson Ollala supposa d'abord qu'elle s'adressait à l'une des jeunes : Édith était sans doute la préférée. Mais ensuite il corrigea cette impression et estima plutôt que la couvée entière s'appelait Édith, que toutes les jeunes portaient indistinctement le même prénom.

A midi et demi, une autre petite se détacha du plafond en couinant et pleurant. Elle pleura et couina un bon moment après avoir cessé de rebondir sur le gâteau d'excréments – elle pleura même quelques instants après avoir cessé de vivre. Enfin ses os craquèrent et elle se tut. Ollala retourna se coucher pour la deuxième fois.

Il était fier de lui, il se félicitait. Mais, inopinément, une porte latérale qu'il n'avait pas remarquée jusqu'ici tourna sur ses gonds. Quelqu'un venait d'entrer : une silhouette trotteuse à cheveux gris, tassée, légère et qui embaumait la noix de coco, courut avec vivacité à travers l'espace en balançant l'ourlet d'un peignoir de bain bleu dissimulant à peine de vieux genoux brunis et des varices. Ensuite, la trottinante s'arrêta devant un robinet et se mit à remplir un arrosoir. Tandis que l'eau coulait à gros bouillons, elle se dressa dans la pénombre en soufflant un peu, examinant d'un air songeur le coussin de luzerne dont les fleurs lançaient de faibles feux violets et pourpres.

A l'autre bout du réduit, Ollala adoptait précisément la même attitude, il soufflait lui aussi, un peu trop, et observait studieusement la vieille en peignoir de bain.

Mais, dans ce duel silencieux, l'avantage était du côté du chat, ses yeux à elle se contentant de soupçonner une présence grise et vague, alors que les siens y voyaient clair comme le jour. Puis, soudain, Rita Canobbio poussa un cri terrible, elle traversa l'obscurité qui les séparait, se jeta sur la couronne de luzerne, étreignit l'herbe et l'embrassa avec frénésie, à croire qu'elle voulait la manger.

– Mon bonhomme… mon loustic… mon amour… c'est donc toi ? T'as retrouvé la route tout seul ? Tu m'as sentie ? Tu savais que j'étais là ?

Ici commença un quiproquo destiné à durer, une de ces profondes maldonnes que le Temps introduit entre les êtres qui se sont aimés exagérément, jusqu'à la dévoration mutuelle, et qui ne se reconnaissent plus, et qui se trompent d'adresse, avec leurs mots pâteux étalés comme une misérable homéopathie sur la couture des jours, car non seulement depuis leur dernière rencontre il avait épaissi en fourrure et en cerveau, gagné du plomb et de la bouteille, atteignant désormais la taille réglementaire d'un adulte, mais la conséquence de tout cela, c'était qu'il ne comprenait plus à quoi rimait la phraséologie sentimentale de cette vieille toquée.

– Tu m'as sentie, répéta-t-elle sur un ton affirmatif.

Bref, il valait mieux renoncer à lui expliquer quoi que ce soit, de toute façon elle n'entendait rien et mangeait la luzerne avec un air de sainte Cécile en extase, tandis que ses petites mains sèches perdant toute retenue l'aplatissaient vigoureusement contre son ventre, le pétrissaient comme de la farine au beurre, le tortillaient ni plus ni moins qu'un mouchoir trempé de larmes auquel on pouvait faire des nœuds, encore des nœuds...

Chamboulé, révulsé, nauséeux et la tête à l'envers, il jugeait très étrange d'avoir connu autrefois la béatitude dans de semblables traitements ; mais quand il commença à se plaindre pour de bon – et il y avait de quoi, car cette tempête de prétendues caresses lui déclenchait un mal de mer effroyable –, elle le regarda bien droit, une lueur de colère dilatant son visage fripé.

– T'es un voyou, tu sais...

Nelson ne répondit rien.

– Je te déteste. Tu m'as manqué.

C'était donc ça, pensa-t-il, mais à quoi bon répliquer ? Et d'ailleurs il n'en avait pas les moyens, car elle lui pressait nerveusement le cou jusqu'à lui faire gicler les pupilles hors des lobes, le plaçant dans l'impossibilité d'émettre aucun son, si bien que, faute de mieux, condamné au mutisme, il leva son regard vers le nid de la Veuve qui représentait son seul espoir, son beau songe vénéneux, sous la poutre.

– Qu'est-ce que tu as vu là-haut ? reprit la vieille.

Tu as faim, c'est ça ? Ah mais je le connais ton plat préféré !

Nelson se tut encore une fois, mais surtout il fit son possible pour éviter de se remémorer le riz au lait qui lui avait sournoisement forgé une âme d'esclave. D'un autre côté, il se dit que le riz représentait peut-être une solution, une chance de délivrance prochaine, qu'il devait exploiter de son mieux en exagérant jusqu'à la caricature les symptômes d'hypoglycémie dramatique et de fringale urgente. Il nota au passage que Rita se calmait. La torture avait pris un tour plus machinal, et les vieilles mains se contentaient maintenant de lui chiffonner le bout de l'oreille comme un coin de papier buvard.

– J'y vais, dit-elle, j'apporterai aussi la brosse. La brosse et le talc.

Et sur cette perspective qui lui donnait le courage de la séparation, elle disparut enfin par la même porte, après avoir fermé le robinet. Long soupir de Nelson : adieu, surtout ne te presse pas.

Il regarda ce monde parfait que dessinaient là-haut les quatre coquillages des becs jaunes, entourant en collier la Veuve qui penchait la tête dans sa direction.

Un impalpable flux d'intelligence circulait à nouveau entre le plafond et le sol, dans la magie du silence s'écoulant en pluie fine. L'œil mauve d'Égyptienne le contemplait avec cet air qui semblait dire qu'une bonne nouvelle allait bientôt tomber, le chat se rétracta sur le coussin de luzerne, apprécia à sa juste valeur ce cristal débarrassé de toutes les impuretés, précis et transparent comme une sonate au piano. Il n'osait pas encore y croire, le pire était toujours possible, à l'image de ce cri rauque que poussa soudain Rita dans sa cuisine, en se laissant choir sur une chaise : elle venait d'apprendre le suicide de Néron. Les deux vieux entamèrent une de ces conversations faites de phrases faciles et de Mon Dieu qui bousculaient les murs, au grand souci de Nelson Ollala qui craignait quelque nouveau dérangement. Mais non : il entendit le couple se préparer à sortir, puis gagner la route, lui laissant une vaste plage de tranquillité pour mener à bien ses affaires.

Alors, la procédure de l'hirondelle s'accéléra. Le compte à rebours reprit sa marche scrupuleuse, désignant pour commencer Édith numéro trois qui fut envoyée au tapis par un intempestif coup de tête latéral et qui pleura trente secondes sur le gâteau d'excréments, ni trop ni trop peu, juste le temps d'une montée de salive pour Nelson Ollala, le temps aussi de dégourdir ses membres et de se mettre en marche, lorsque soudain l'œil mauve lui signifia qu'il ne devait pas bouger, pas tout de suite.

Une silencieuse injonction à laquelle il se plia sans se donner la peine de l'interpréter, retournant s'asseoir et regardant la Veuve à nouveau. Elle paraissait non pas réfléchir mais rassembler ses forces, sa cape noire brillait comme sous une fine pellicule de givre, et brusquement elle passa à l'acte : saisie de frénésie, l'hirondelle faisait basculer tout son monde par-dessus la rambarde – un autre coup de tête expéditif, un autre encore, incroyable panacée.

Des petits comme s'il en pleuvait.

Et ce rire vampirique de Nelson Ollala grelottant des mâchoires, rire de démon ornithophage, tremblement des babines qu'il ne parvenait plus à maîtriser, s'imaginant déjà que ce festin miraculeux ne s'arrêterait qu'avec l'épuration complète, le sacrifice entier de la famille. Mais c'est là qu'il se trompait : bizarrement, cette Médée noire et blanche redevint subitement une mère presque ordinaire. L'instinct de possession reprit le dessus *in extremis*, un repentir tardif, un changement de cap, qui fit qu'elle décida de conserver près d'elle la toute dernière Édith, numéro six dans l'ordre d'héritage.

Peut-être estima-t-elle qu'elle avait les moyens de nourrir ce rejeton unique, ou peut-être autre chose, allez savoir à quoi songeait la Veuve. De son côté, le chat qui salivait comme un malade osait encore espérer qu'il ne s'agissait que d'un simple sursis et non d'une grâce définitive, mais la dernière petite pêche laineuse restait convenablement blottie là-haut, c'était exaspérant de l'entendre chantonner, et ce numéro six qui lui était refusé pour des raisons mystérieuses prit alors une importance capitale dans les désirs frustrés de Nelson Ollala. Il lui semblait qu'on l'avait régalé de toutes les autres à seule fin d'attiser son désappointement, de l'éblouir, de lui tourner la tête et puis de l'égarer. La dernière petite pêche lui gâtait son bonheur, il jura qu'il l'aurait, il se le répéta pendant deux jours, mais bientôt il n'y pensa plus et enfin elle devint libre et lui échappa.

9

Édith numéro six venait de se réveiller trempée de sueur au creux du nid. Elle était seule. Pour une fois, ce n'était pas l'obsédant tambour de la faim qui battait dans son cerveau et l'avait tirée du sommeil ; c'était bien autre chose, un désir différent, l'urgence de s'en aller d'ici.

Ailleurs, n'importe où, dans les nuages, quitter absolument cet enfer mou et tiède, oublier ce nauséabond caveau natal où ses cinq sœurs avaient trouvé la mort l'une après l'autre, partir, partir… Bien que dotée d'un odorat des plus réduits – et même à peu près nul –, la jeune hirondelle percevait nettement combien le nid puait. Le nid avait commencé à sentir mauvais dès hier soir, juste après la fin du massacre, il puait le duvet, le vomi et les régurgitations de toutes sortes, il était mal éclairé, obscur comme un tunnel, infesté de poux, il sentait également la chair bouillie, le poulet en cocotte, le soufre et l'œuf.

Partir, partir. Elle se hissa sur le parapet de la demi-circonférence de mousse, contempla l'abîme vertical, déplia sa cape noire et enfin s'élança.

Pendant quelques secondes qui lui parurent infinies, elle réussit à flotter sous le plafond avec les mouvements d'une marionnette chinoise emportée par les ombres, fragilement victorieuse, puis d'un seul coup son corps démissionna et elle retomba exactement au point de départ.

Maintenant elle se tenait tassée devant le vide, apparemment frigorifiée, une insondable étincelle de témérité continuant pourtant à crépiter sous son œil terne. Elle déplia la cape à nouveau. L'incroyable flottement recommença, lui faisant traverser en ligne sinusoïdale les poutres parallèles, affolant au passage les mouches étourdies de chaleur qui s'écartaient avec surprise devant cette drôle de poupée volante dont l'aspect évoquait un gigantesque choucas démultiplié par les ombres des murs.

A ce stade de son évolution, Édith pesait douze grammes : le poids d'une lettre affranchie au tarif minimum. D'ici quelques semaines, moyennant un sérieux gavage de protéines, elle pourrait raisonnablement espérer atteindre vingt grammes (toujours le tarif postal ordinaire) et à cet instant se déclencherait un programme étudié sur mesure, chargé de l'expédier (avec les risques habituels de la poste) par-dessus la

Méditerranée puis le Sahara, un courrier de six mille kilomètres dont le terme se situe quelque part vers la Tanzanie, le N'Gorongoro ou le lac Victoria. Elle sera arrivée. Elle chassera les hyménoptères sur le dos des rhinocéros. Son poids sera redescendu autour de seize grammes.

Une nouvelle fois, l'héritière déplia sa cape, retrouva l'émotion vacillante de la marionnette, puis revint se poser sur le fronton du nid et jugea qu'il empestait de plus en plus.

Mais, dès le lendemain, elle franchit la porte, plongea à pleins poumons dans le ciel.

Tout allait très vite à présent. Ce qui la soutenait lorsqu'elle était là-haut, bien davantage que son système de voiles, c'était d'abord un sentiment de haine contre sa mère, un féroce appétit de justice, une rébellion rageuse qui trouvait son support, sa raison d'être, dans le souvenir obscur et malheureux de ses cinq sœurs sacrifiées. Cet attentat, elle ne pouvait pas plus le pardonner que l'expliquer, et, bien que mal aguerrie pour le vol en altitude, son corps en obus poursuivait résolument la Veuve, laquelle avait beau se défendre par la fuite, s'en aller toujours plus haut, il arrivait un moment où cette furieuse petite bombe rasante la rejoignait, ce qui marquait une sorte de signal entre elles, comme quoi le ballet aérien pouvait commencer, la ronde des sifflements et des insultes.

La mère et la fille se pourchassaient indéfiniment, dessinant dans l'espace une longue tresse immatérielle, les deux bras d'une nage crawlée, chacune à tour de rôle passait dessus, puis dessous, et encore dessus et dessous, accompagnées de leurs cris, leurs cris stridents qui ondulaient derrière elles comme des rubans enflammés, et il arrivait que ce spectacle eût un supporter assidu qui claquait des dents pour les encourager : c'était Nelson Ollala, grand amateur de ces cris en forme de rubans ou de nage.

Deux semaines plus tard, Édith entama son voyage vers l'autre versant de la planète, à la poursuite de l'éternel été des hirondelles. Son départ fut empreint d'une grande simplicité, un décollage furtif, immédiat et solitaire. Elle parcourut dans sa première étape d'altitude une cinquantaine de kilomètres, après quoi, raisonnablement fatiguée, elle chercha un dortoir pour la nuit, jetant finalement son dévolu sur un arbre blanc tout sec qui se dressait comme un sémaphore éteint au milieu des champs.

C'était un grand noyer mort, privé de la moindre verdure mais immensément large. Toute sa feuillaison était tombée d'un coup l'année d'avant, sans raison apparente, presque du jour au lendemain comme les cheveux des irradiés. Édith se croyait en retard pour le coucher, mais quand elle eut gagné sa place parmi les rangées de branches déjà considérablement garnies, il fallut encore se pousser pour accueillir d'autres arrivantes qui déboulaient par nuées. Les dernières escadres crépusculaires annonçaient leur approche en poussant des clameurs incertaines ; elles tourbillonnaient en entonnoir puis s'abattaient soudain sur l'auberge de l'arbre blanc, et alors, par l'effet de l'impact et du poids, l'arbre blanc se mettait à tousser du fond de sa carcasse creuse, il soupirait de tout son corps en lâchant des jets de sciure et de poussière comme un vieux volcan.

Assez lucide pour faire le tour de la situation, Édith remarqua d'abord une chose : ce n'était certainement pas un hasard si toutes les hirondelles regroupées dans ce dortoir, serrées comme des chiots, réunies à touche-touche, avaient précisément le même âge qu'elle. Elles étaient nées au début du printemps ou en juin, en tout cas dans l'année. Leur langage et leurs manières appartenaient indubitablement à l'adolescence. Très énervées par le clair de lune, grisées par la force du nombre, étourdies par ce rassemblement digne d'un Woodstock ornithologique et persuadées bien entendu qu'elles venaient de rencontrer l'Amour – le seul, le vrai –, elles déclinaient à perdre haleine leur nom et leur situation familiale forcément injuste, désolante, tragique. Salut, ici Alpha, je répète, ici

Alpha, j'ai quatre sœurs. Mon Dieu, je veux mourir, le ciel paraît si grand ce soir ! Salut, salut, moi c'est Emma, j'ai quatre sœurs aussi, de vraies charognes ! Nous te recevons, Emma, nous te comprenons ! Stop, ici Charlotte, j'ai peur, je ne sais pas pourquoi j'ai peur. Mais non, tu n'as pas peur, ici Bérénice, calme-toi, c'est la nuit, c'est simplement la nuit. Eh, je m'appelle Édith, et voilà, je voudrais dire mon secret, pardon, je n'ai pas de, enfin, bref, je suis fille unique. Ohé, on n'entend rien, arrêtez de faire grincer vos lits. Elle prétend qu'elle est unique, c'est une crâneuse. Et toi, tu n'es qu'une sale petite merde de poisson. Ici Bérénice à nouveau, la première qui ose encore parler sur ce ton, je lui crève le foie ! Explique-toi, Édith.

Le dortoir excité s'apaisa un instant, et dans la nuit laiteuse où ne bruissaient plus que d'infimes soupirs, Édith put raconter ce qu'il était advenu de ses sœurs défenestrées une à une par leur mère : récit qu'elle prononça en hoquetant et qui lui valut un renversement d'opinion en sa faveur, non sans déclencher une nouvelle tempête à travers les branches du noyer, dont la fibre creuse résonna comme la peau d'un gong dans la savane.

De ce fait, les migratrices ne s'endormirent que fort tard, après avoir copieusement taillé un costume à leurs parents respectifs, accusés d'avoir failli à la plus élémentaire charité. Les miens ne m'ont pas dit au revoir ! Et moi, ils ont tout fait pour me pousser dehors ! Par moments, une surcharge de colère les étouffait, alors elles se soulevaient toutes ensemble, dans les ténèbres, elles partaient et voltigeaient en écharpe ou en huit au-dessus de l'arbre sec.

Le lendemain ne fut pas un jour de grande forme. En raison d'un décollage tardif, l'escadre où figuraient Édith, Alpha, Emma, Bérénice et quelques autres se contenta d'une promenade d'environ cent cinquante kilomètres. On pouvait penser que, dans une situation normale, leurs moyens physiques permettaient d'en accomplir le double. Après les falaises écumantes de Bonifacio, la Sardaigne fut aspirée en deux étapes. Le bivouac de la nuit était généralement installé à un mètre du sol, on assistait alors à un regroupement massif dans les roselières du bord des étangs, et les hampes des roseaux se pliaient à l'horizontale dès que croulait sur eux l'avalanche des petites missives noires, des lettres de vingt grammes.

Puis la mer à nouveau. Mais, cette fois, elles survolaient le grand large, et cela supposait un changement profond du système de pilotage. Dans le langage employé par les aviateurs, on aurait dit qu'elles étaient passées de l'orientation à la navigation, ce qui représentait une sérieuse différence, à savoir la capacité de se diriger dans des circonstances où l'œil n'aperçoit plus aucun point de repère sur la surface de la terre.

Le bleu, le bleu, le bleu, et puis encore le jaune des champs brûlés : la Sicile.

Mais quatre jours plus tard, une idée un peu absurde dont Édith était malheureusement l'auteur faillit se terminer en catastrophe pour elle. Certes, Édith n'était pas la seule adolescente à raffoler des expériences occultes. En particulier, elle éprouvait une vive fascination pour le monde nocturne, et, histoire de voir l'effet que ça faisait, elle désirait passer toute une nuit blanche. Jusque-là, pas de problème. Mais l'affaire se compliqua dans l'étape du lendemain : carrément abrutie, Édith papillonnait en queue d'escadre – à la traîne, le crâne bourdonnant, l'air déconfit de celle qui serait tombée par mégarde dans un bol de punch ou de sangria.

C'est alors que pour comble de malchance, elle aperçut une chose qu'elle n'aurait jamais dû voir : le mariage du faucon hobereau.

Le faucon hobereau est le plus grand prédateur d'hirondelles qui puisse exister. Et son rituel nuptial est une des cérémonies les plus somptueuses du monde aérien.

Ivre d'insomnie, Édith écarquilla le peu qui lui restait d'yeux. A vrai dire, la noce du hobereau se déroulait en continu depuis plusieurs jours déjà. Le mâle à culottes rousses avait gravi lentement le ciel, tournant d'abord le dos à sa promise, la belle fauconne portant moustache et bec courbé, qui se tenait à l'étage inférieur. Mais, brusquement, il chavira, plongea tête la première dans le même invisible escalier qu'il avait emprunté pour l'ascension, apparemment résolu à s'écraser contre sa femelle, si ce n'est qu'à l'ultime seconde la puissante dame se retourna face au mari et, dans un renversement fulgurant, lui présenta ses griffes.

Loin de s'en offusquer, le faucon présenta les siennes en retour, qu'elle apprécia semble-t-il à leur valeur. Ils se donnèrent ainsi la main – serres contre serres –, ils se mirent à valser férocement dans l'azur, à tournoyer en se regardant de leurs yeux ronds et jaunes.

Le soleil éblouissait comme du beurre fondu. Mais peu à peu le soir tomba : alors, les doigts pointus des deux amants se séparèrent, ils disparurent, après avoir donné ce récital unique, du côté des collines qui dominent Palerme et qu'on appelait autrefois la Conque d'Or parce qu'elles étaient couvertes d'orangers... C'est là que la mésaventure d'Édith commence. Muette d'admiration, elle vit le couple se disloquer après la parade et elle en déduisit naturellement que tout était terminé. Mais elle se trompait ; les mariés n'étaient sortis de scène qu'un bref instant et, rappelés à l'ordre par leur estomac, ils se remémorèrent tout d'un coup la coutume, à savoir qu'après la bénédiction religieuse vient le banquet.

Ils arrivèrent sans bruit sur un coin de roseaux où s'endormaient déjà quatre à cinq milliers d'hirondelles fatiguées. L'atmosphère du soir était calme. Dame faucon pencha romantiquement la tête vers son époux, comme pour lui suggérer de découper sa part en premier dans le gâteau de noce. Sans plus de façons, le mâle descendit en rase-mottes et fit claquer le grand ciseau de son bec sur la forêt des panaches aquatiques, provoquant une compréhensible agitation, pour ne pas dire un certain effroi. La première bouchée gonfla son œsophage comme une pomme d'Adam. Après cela, les ailes déployées, il fit demi-tour avec une majesté funèbre et décréta que son appétit méritait certainement une deuxième tranche. La pomme d'Adam grossit encore un peu plus. Toutefois, au moment où il remettait les gaz pour prendre de l'altitude, une miette mal avalée retomba hors de sa bouche.

La miette s'appelait Édith.

Édith qui avait ce soir-là les idées très confuses, la tête dans le brouillard. Elle mourait de sommeil, elle n'avait même pas vu arriver l'ennemi. Sauvée ? Pas si sûr. Quelque peu mal en point, elle voulut disparaître dans les roseaux, mais à cet instant dame faucon s'approcha avec intérêt de la miette que venait d'égarer son mari et, en ménagère soigneuse qu'elle était, décida de la ramasser à son tour.

Beaucoup plus tard, Édith eut tout loisir de méditer sur la chance paradoxale qui lui permit d'échapper à cet assaut supplémentaire. Elle se demanda ce qui serait advenu si le hobereau mâle ne lui avait pas d'abord arraché la moitié de l'aile gauche, à quoi s'ajoutaient les conséquences du choc nerveux. Ces deux éléments d'infirmité jouèrent en sa faveur et contribuèrent certainement à lui laisser la vie sauve. La fauconne renonça rapidement à poursuivre cette miette détraquée qui évoluait en dents de scie et décourageait les prévisions. Édith fut épargnée.

Les époux terminèrent leur festin, puis ils s'éloignèrent dans la brume avec au fond de l'estomac les reliefs ballottants d'une cinquantaine de passereaux engloutis en trois minutes.

Alors seulement, la rescapée se laissa choir sur les tiges de roseaux. Au cours des jours suivants, elle dut se contenter d'étapes ridiculement courtes, dix kilomètres au maximum. Elle volait seule, très en retard, très loin derrière. Son aile estropiée la faisait souffrir énormément. Le soir, elle picorait malgré tout assez de moustiques pour accomplir le seul programme qu'elle se fixait encore, qui était de crever à petit feu. Mais on ne crève pas comme ça, même avec la meilleure volonté. La moitié de son temps se passait à dormir. Très souvent, la léthargie nocturne était interrompue par de furieuses démangeaisons en provenance de son bout d'aile absent, de son membre fantôme.

Il y avait des instants où les quatre longues plumes disparues la tourmentaient comme si elles existaient encore. C'était une illusion tenace : l'emplacement des plumes manquantes suscitait une douleur en vrille qui avait l'insurpassable cruauté des choses réelles. Elle ressentait jusqu'à la pointe du croissant noir de cette voilure arrachée par le bec du vautour.

Édith soupçonnait également que les démangeaisons étaient à mettre en rapport avec le départ de ses anciennes compagnes, le souvenir d'Alpha, d'Emma, de Bérénice. Il devait exister une relation de cause à effet entre la solitude et le malaise physique, car dès qu'elle songeait aux heures d'exaltation vécues ensemble la première nuit sur les rameaux du vieux noyer, le moignon d'aile entrait en fureur. Malgré tout, l'amertume ou le chagrin étant des créatures inconnues au répertoire de son âme, Édith n'en voulait pas à ses amies de l'avoir lâchée.

Elle continua sa morne course sans réfléchir, toujours de la même façon : à l'écart, en arrière, loin des autres. Et pendant cette partie du périple, qui dura à peu près deux semaines, les mystérieux outils de mesure enfermés dans ses gènes lui signalaient régulièrement la diminution de la lumière et la baisse de la température. Deux semaines d'élancement, d'emportement, de morcellement, puis tout d'un coup, à l'improviste, elle s'aperçut que ce rien qui lui faisait mal, ce fantôme d'aile, cette ombre invisible, en réalité ne la démangeait pas seulement dans son délire : les plumes s'étaient mises à repousser.

Une épreuve de vitesse s'engagea alors, entre l'automne qui avançait, le vent de plus en plus froid, la longueur des nuits et les efforts de la jeune hirondelle. C'est ainsi qu'un jour, après avoir longé d'interminables rivages blancs comme de la mie de pain, elle arriva à Syracuse. Engourdie par ses peines, par son propre silence, habituée au ressassement de la solitude, elle demeura stupéfaite par l'énormité et le bruit de la foule.

Et quelle foule. Tous les oiseaux, tous les passereaux qui s'étaient engagés désespérément dans l'exode vers l'été perpétuel, tous les échassiers du Grand Nord, tous ces fous du voyage avaient échoué là au bord des rivières boueuses ou dans les papyrus de la fontaine d'Arétuse ; ils couvraient leurs blessures de salive, ils méditaient, ils enfouissaient la tête sous l'aile, ils refermaient leurs yeux vitreux d'épuisement. La plupart sentaient mauvais. Ils bougeaient le moins possible, en écoutant monter les bulles dans le limon de la fontaine. Ils ne songeaient même pas à faire l'amour.

Ils regardaient aussi les autres nuées qui arrivaient, qui se posaient, près des étangs, près de la mer. La même clôture de barbelés pouvait servir de dortoir à trois cent mille serins jaunes, à un million de mésanges boréales, à cinq cent mille gobe-mouches, à cinq cent mille bergeronnettes. Par erreur s'y glissait un engoulevent solitaire qui avait la fâcheuse réputation de téter le lait sous le pis des vaches. Mais ce n'était pas tout : là, dans les alluvions marines, chaque race arrivait avec ses chants. Dix mille rossignols interprétaient à tour de rôle le même solo de nuit sur les buissons arides. Un million de loriots leur répondaient, d'un son de flûte à n'en plus finir, et à peu près autant de grives.

C'était le Camp du Drap d'Or. C'était le pèlerinage des Gitans. Ils stationnaient ici des jours et des jours, leur cerveau hébété ne commandait plus que les tâches évidentes et minimales : la nourriture, la toilette. Pourtant, malgré le dénuement extrême, ils étaient beaux à voir. Chaque race arrivait avec ses couleurs, impeccablement peintes. Le jaune soufre du bruant, le merle de roche aussi bleu qu'un vitrail, la mésange charbonnière toute maquillée. Et le petit verdier rondouillard, pareil à une olive brillante.

Enfin, il y avait l'immense armée des ternes, des bruns, des beiges, des gris, dont les emblèmes passaient inaperçus et dont la voix chuchotait à peine. Ces oiseaux privés d'éclat et de musique s'imaginaient qu'en restant muets, en adoptant exactement les apparences d'une feuille de chêne flétrie ou d'un lambeau d'écorce, l'histoire les oublierait, l'instinct ne leur dicterait plus de repartir, encore une fois, vers d'autres souffrances. Pourtant si, ils partiraient.

Et dans un coin de cette tapisserie fortement contrastée, il y avait Édith arrivée depuis ce midi. Elle déambulait au milieu de la plus grande foule de la terre, parmi les millions et les millions d'individus – éblouie, les ongles noirs et cassés, la bouche sale, les plumes de la queue réduites en guenille, l'haleine immonde. Voletant sans arrêt d'un groupe à l'autre, elle parlait en rond, c'est-à-dire pour elle seule, car depuis ses dernières infortunes son langage avait pris la tournure des soliloques de mendiants que personne n'écoute. En vérité, tous ceux qui venaient de rejoindre le sol radotaient de la même façon et puaient pareillement.

Édith se balançait à la pointe d'un papyrus, comme si sa vie était posée sur une mince lame de temps sans futur ni passé, comme si sa vie était une conque uniquement remplie d'un long bruit sourd qui ne la quittait plus, un bourdon de lassitude ou de bien-être. Elle regardait au loin les marais fumants, les herbes brûlées, persuadée que le voyage se terminait réellement ici. Mais un jour, sans savoir pourquoi, elle devança l'appel. Elle tendit le cou, poussa sur ses membres et s'enfuit convulsivement – une tache noire aspirée par le ciel. La mer était si calme qu'on en voyait le fond.

10

Édith ne devait jamais revoir le sable blanc de la Corse, ni l'appentis de la maison où ses sœurs étaient nées. Après six mois de safari hivernal dans le N'Gorongoro tanzanien (le N'Gorongoro est une vaste lune volcanique, mais aussi un étrange réservoir d'animaux dont on prétend, peut-être à tort, qu'ils ne peuvent ni en sortir ni y rentrer, prisonniers depuis le fond des âges, enfermés dans la gueule du cratère, antilopes, lions, buffles et chacals) – elle, qui avait des ailes pour s'en échapper, quitta donc le N'Gorongoro miraculeux, calcula son départ, prête à devenir pour la seconde fois une lettre de vingt grammes affranchie au tarif ordinaire.

Une lettre pour la France. Mais il fut dit qu'elle n'irait pas plus loin que l'Algérie, et elle tomba entre deux dunes juste après Ouarglat, à proximité d'un poste d'essence sur le bord de la route qui va vers Timimoun. Morte d'épuisement.

Six jours plus tard, la même contrée hostile fut survolée sans aucun incident par l'autre hirondelle, sa mère, dont ni l'endurance ni les mérites n'étaient plus à démontrer, puisque ce périple du retour, elle l'accomplissait déjà pour la cinquième fois, avec un petit nombre de haltes et une vitesse de croisière presque invariable.

Il va sans dire que cette chevronnée réglée comme un métronome agissait pour son propre compte, ne se souciait guère du reste et possédait en outre des habitudes fixes pour l'installation de sa résidence. Non pas en Afrique, où elle se rendait en dehors de la saison des nids – dans un esprit de pure détente –, mais ici, en Europe, où il lui fallait absolument retrouver sa poutre et son toit, pour des raisons obsessionnelles de descendance. Quelle ne fut donc pas la stupeur de la Veuve (qui en réalité avait cessé de l'être, ayant avec empressement contracté un nouveau mariage dès qu'elle s'était remise de ses fatigues) en découvrant que son domicile attitré, la maison de fibrociment, se réduisait soudain à un amas de cendres blanchies, de ferrailles tordues, de fenêtres en miettes et de résidus orduriers où poussaient des daturas.

Elle commenta cette dévastation par une flambée de cris à la mesure de la colère que lui inspiraient tous les changements de programme, et celui-ci en particulier. Elle fit trois fois le tour de la ruine, en rase-mottes, l'effleurant de son aile comme si elle avait besoin de ce rapport tactile pour y croire, s'effrayant surtout de devoir tout recommencer, depuis le ciment de base et la première brindille, et enfin elle piqua vers le nord, sans chercher à élucider l'affaire.

La maison neuve était sortie de terre en une semaine grâce au travail de brute d'Aldo Caponi, avant d'être emportée en trois secondes par un de ces souffles fulgurants qui font de si belles couleurs dans la nuit. L'épisode remontait à Noël, plein de suppositions obscures et de vagues hypothèses qui balançaient au vent comme avaient balancé les gros pieds de Néron pendu dans sa cuisine. Et de même que pour la mort du barbier, ce fut encore Léa qui trouva les paroles justes au sujet de ce pain de dynamite.

Léa expliquant l'affaire à Frankie :

– Rien de bien compliqué à comprendre, une histoire d'hommes et de béton. C'est comme cela qu'ils s'enrichissent. S'ils le pouvaient, ils bétonneraient la terre entière, tout en ne rêvant que de détruire et de recommencer. L'intéressant, pour eux, c'est le feu d'artifice final. Ils ne bâtissent des maisons que pour les voir tomber dans un grand bruit de rage et de poussière, l'essentiel étant qu'elles tombent non pas de vieillesse naturelle et de décrépitude, car alors elles ne valent plus un sou, mais qu'au contraire elles passent directement de l'état juvénile à celui de monticule poudreux. Que ce soit un coup du sort qui les transforme en ruine : dans ce cas, les maisons se révèlent beaucoup plus rentables que si elles étaient demeurées stupidement debout. Les hommes sont joueurs. Faire et défaire, construction et explosion, voilà leur cycle biologique.

– Je crois que vous êtes dans le vrai, murmura Frankie, éprouvant encore une fois cette sorte de honte émerveillée qu'on ressent devant les cerveaux supérieurs.

Et pendant ce temps – à moins que ce ne fût un autre jour –, l'hirondelle qui avait traversé les déserts et les océans examinait avec dépit la situation au sol, accomplissait trois boucles au-dessus du sinistre, effleurait celui-ci de son aile en espérant que par ce simple toucher les murs se recomposeraient, et la poutre et le toit.

Elle partit finalement vers le nord, à travers les nuées de moucherons qu'elle poursuivait de ses razzias acrobatiques et qui étaient si nombreux ce soir-là, dans le ciel électrisé, qu'on entendait un peu partout comme un bruit de friture au-dessus des marais fumants. Mais, de temps en temps, l'hirondelle coulait un œil vers le bas et elle voyait Nelson Ollala, le chat de l'an dernier, en train de courir à pleins poumons dans son ombre glissant sur les champs.

Elle l'avait reconnu sans erreur, aussi vrai qu'elle avait repéré l'emplacement de la maison à six mois de distance – c'était bien lui, le même chat, mais elle nota toutefois qu'il s'était énormément transformé pendant la pause hivernale, plus trapu, plus rapide, davantage de fourrure, de souplesse et de puissance. Il la suivait exactement comme l'an passé, lui en bas et elle en haut, mais il avait au moins doublé de volume. Sa santé était devenue si florissante, les vitamines l'étouffaient tellement que, bien des fois, pour utiliser un certain pourcentage de ses forces, il lui fallait d'abord consumer l'autre partie, le superflu, en proposant à son corps n'importe quel défi qui l'aiderait à desserrer le carcan de ce trop-plein de joie diabolique.

Nelson Ollala courait donc encore une fois après l'hirondelle, et c'était bien apparemment la même course que naguère, et c'était aussi la même hirondelle, mais en réalité tout avait changé. Le sac de puces et d'os promenant sa famine sur les routes avait simplement déchiré son étoffe pour donner le jour à un nouvel individu têtu et vacciné, adulte et nonchalant, ayant perdu son pucelage un mois plus tôt sur un tapis de bruyères grâce aux ardeurs d'une chatte acajou qui avait exécuté pour lui le cycle habituel des roulades et des plaintes, sans le lâcher des yeux, dans le clair-obscur des pins maritimes aux troncs rouges ; et juste après cette cérémonie, il était allé sans transition en rejoindre une autre un peu plus âgée, couleur café au lait avec un plastron gris. C'est dire si ce Nelson Ollala qui suivait l'hirondelle connaissait désormais autant de choses qu'il est possible de connaître pour un chat sauvage, mais cette science était souterrainement enrichie par un dernier et subtil reliquat de névrose ancienne, soigneusement entretenue, un côté visionnaire qui le différenciait de ce rustre de Frankie et le rapprochait en revanche de sa mère Léa : car à la façon de Léa, et au contraire de Frankie, il n'était en fin de compte qu'à demi sauvage, sachant s'humaniser à vue d'œil lorsque les circonstances l'exigeaient. Comme ce fut le cas le jour où il pénétra dans le château.

Le château. Mais il faudrait d'abord décrire le signe noir de l'hirondelle s'immobilisant soudain comme l'étoile du berger, et ensuite ce nuage qui passe sur elle, la dérobe quelques instants, au point qu'on la croirait dissoute plutôt que camouflée, et pour finir le rayon de soleil oblique fendant le nuage en deux comme une hache étincelante, l'hirondelle ressuscitée qui plonge à la vitesse d'un caillou sur cette lourde construction génoise qu'elle a visiblement élue pour domicile, les murs de schiste et les longues épines bosselées des gouttières, les écailles du crépi, les auréoles d'oxydation par lesquelles le château semblait respirer, comme une éponge par tous ses pores.

Cinq minutes plus tard, Nelson Ollala atteignait le pont qui enjambe l'eau brune des douves. Les tilleuls frissonnaient, une carpe sauta dans un clapotis mou ; cette fois-ci il fallait reconnaître que l'hirondelle avait disparu pour de bon, mais cela lui était bien égal, il s'en souciait moins que de respirer l'odeur vénéneuse du soir mélangée à un relent tenace de salpêtre et de craie, d'abandon et de ruine.

Un labyrinthe pour retraités, songea-t-il en parcourant les escaliers tordus et les couloirs en demi-voûte. Il venait de croiser deux gros chats adipeux qui s'étaient faufilés entre des cartons de lessive ou de biscuits secs. Un sanatorium, un club du troisième âge, une de ces vétustes institutions de charité éclairées en permanence par une enfilade d'abat-jour ressemblant à de grandes crêpes dentelées et brûlées. Est-ce que j'aurai peur des ténèbres, moi aussi, quand je serai gâteux ? se demanda Ollala. Car la lente liqueur sale qui coulait des ampoules de soixante watts l'importunait quelque peu, jusqu'au moment où il déboucha dans une grande salle humide (même lumière, même liqueur) dont l'ameublement se composait d'un fauteuil, d'un berceau, d'une cage en fer-blanc et d'un panier à linge.

Le fauteuil et le berceau étaient revêtus d'une toile

à matelas toute pochetée de grosses hernies dont certaines ayant éclaté laissaient échapper des flocons de crin jaune. Enfin, trois postes de télévision bourdonnaient dans les coins, faisant dresser les oreilles d'un public modérément passionné.

« Consonne. Voyelle. Consonne. Consonne. »

Une vingtaine de chats obèses et silencieux contemplaient les écrans avec une attention larmoyante. Un seul tourna la tête vers lui, un personnage aux joues rebondies comme des tranches de melon, qui l'invita d'un signe discret à partager une housse de velours étendue sur le plancher, mais Nelson préféra rester debout : il lui semblait qu'il comprendrait mieux en ne s'aventurant pas plus loin que le seuil, en demeurant là, à balayer des yeux ce monde somnambulique – et les trois écrans.

« Voyelle. Voyelle. »

Il observait et écoutait, on aurait dit une messe commencée depuis bien longtemps, récitée dans un latin d'avant les catacombes. Rien de vraiment antipathique dans tout cela : l'auditoire se laissait aller à de légers frissons, ventres informes, larmiers rougis par les soirées de veille, flancs qui tremblaient comme des pâtés en gélatine.

« Consonne. Voyelle. »

– J'aurais pris consonne, murmura une voix dans le berceau.

Cela se discutait, et Nelson Ollala quant à lui trouvait très bien qu'on eût pris voyelle. Les pupilles vertes luisaient dans la nuit bleue cathodique, un silence traversé de soupirs, puis le tintement inopiné d'une ritournelle qui semblait tenir lieu de verdict.

« Croate. En six lettres. »

C'était sûrement un excellent mot, car il n'y en eut pas d'autre pour relever le défi, en tout cas pas assez vite et pas avant que Nelson Ollala n'eût prononcé le sien.

– On pouvait faire atroce.

Les vingt paires d'yeux se soulevèrent dans sa direction avec une stupeur concentrique qui ressemblait aux courtes vagues d'un étang endormi. On avait dû rêver, on l'oublia et la surface des choses redevint aussi lisse qu'avant.

« Voyelle. Voyelle. Consonne. Voyelle. »

C'était fini ? Non, ça recommençait. Alors il détourna la tête vers la fenêtre, car il avait une grande envie de s'en aller maintenant, de l'odeur des feuillages, des racines amères et de l'argile mouillée, du clair de lune sur le maquis, mais d'un autre côté il commençait à se distraire énormément.

La ritournelle mit fin à ses hésitations.

« Pétain. Six lettres. »

Une voix rauque dans le fauteuil fit remarquer que les noms propres étaient strictement interdits, depuis toujours ils étaient interdits, à quoi une autre voix, près du panier à linge, répondit qu'ils ne l'étaient pas.

– Ils le sont.

– Mais non.

– Mais si.

C'était comme un jeu de balle monotone et sans aucune astuce, mais cependant on devinait que tout le monde tremblait pour le sort qui serait réservé à Pétain, tandis que lui, Nelson Ollala, non seulement se retenait d'intervenir, debout sur le seuil de la porte, non seulement se taisait mais découvrait une joie nouvelle dans cette attente, préférant savourer ce chatouillement que nous connaissons tous et qui précède les petites victoires.

– On pouvait faire inapte, lâcha-t-il enfin.

Et cette fois-ci, à leurs regards plus que jamais concentriques, il sut qu'il ne les quitterait plus avant le lendemain matin ; qu'il jouerait interminablement avec eux sur la housse de velours étendue au sol, en poussant par exemple des pions de bois pour composer de très longs mots horizontaux et verticaux ; et qu'il serait évidemment le plus fort, ses mots à lui, fils de Léa, valant jusqu'à vingt points ou même davantage, et qu'on n'en aurait jamais vu d'aussi longs depuis que le jeu existe. Tout ceci lui plaisait beaucoup, mais quand il sentit que les premières franges de l'horizon allaient bientôt rosir, le goût d'argile mouillée devint irrésistible, et celui de la brume sur les champs, alors il prit congé et disparut d'un seul bond, car la chatte au pelage acajou l'attendait sous les pins.

DU MÊME AUTEUR

chez le même éditeur

Tous les soleils
1984, prix Femina
et « Points Roman », n°R228

Angelica
1988
et « Points Roman », n°R369

Rendez-vous sur la terre
1989
et « Points Roman », n°R454

Bambini
1993
et « Points Roman », n°R688

Hôtel Atmosphère
1998

S.N. FIRMIN-DIDOT AU MESNIL-SUR-L'ESTRÉE
DÉPÔT LÉGAL : SEPTEMBRE 1998. N° 34959 (43488)

Collection Points

DERNIERS TITRES PARUS

P120. Dans le huis clos des salles de bains, *par Philippe Meyer*
P121. Un mariage poids moyen, *par John Irving*
P122. L'Épopée du buveur d'eau, *par John Irving*
P123. L'Œuvre de Dieu, la Part du Diable, *par John Irving*
P124. Une prière pour Owen, *par John Irving*
P125. Un homme regarde une femme, *par Paul Fournel*
P126. Le Troisième Mensonge, *par Agota Kristof*
P127. Absinthe, *par Christophe Bataille*
P128. Le Quinconce, vol.1, *par Charles Palliser*
P129. Le Quinconce, vol.2, *par Charles Palliser*
P130. Comme ton père, *par Guillaume Le Touze*
P131. Naissance d'une passion, *par Michel Braudeau*
P132. Mon ami Pierrot, *par Michel Braudeau*
P133. La Rivière du sixième jour (Et au milieu coule une rivière) *par Norman Maclean*
P134. Mémoires de Melle, *par Michel Chaillou*
P135. Le Testament d'un poète juif assassiné, *par Elie Wiesel*
P136. Jésuites, 1. Les conquérants *par Jean Lacouture*
P137. Jésuites, 2. Les revenants *par Jean Lacouture*
P138. Soufrières, *par Daniel Maximin*
P139. Les Vacances du fantôme, *par Didier van Cauwelaert*
P140. Absolu, *par l'abbé Pierre et Albert Jacquard*
P141. En attendant la guerre, *par Claude Delarue*
P142. Trésors sanglants, *par Paul Levine*
P143. Le Livre, *par Les Nuls*
P144. Malicorne, *par Hubert Reeves*
P145. Le Boucher, *par Alina Reyes*
P146. Le Voile noir, *par Anny Duperey*
P147. Je vous écris, *par Anny Duperey*
P148. Tierra del fuego, *par Francisco Coloane*
P149. Trente Ans et des poussières, *par Jay McInerney*
P150. Jernigan, *par David Gates*
P151. Lust, *par Elfriede Jelinek*
P152. Voir ci-dessous : Amour, *par David Grossman*

P153. L'Anniversaire, *par Juan José Saer*
P154. Le Maître d'escrime, *par Arturo Pérez-Reverte*
P155. Pas de sang dans la clairière, *par L.R. Wright*
P156. Une si belle image, *par Katherine Pancol*
P157. L'Affaire Ben Barka, *par Bernard Violet*
P158. L'Orange amère, *par Didier Van Cauwelaert*
P159. Une histoire américaine, *par Jacques Godbout*
P160. Jour de silence à Tanger, *par Tahar Ben Jelloun*
P161. La Réclusion solitaire, *par Tahar Ben Jelloun*
P162. Fleurs de ruine, *par Patrick Modiano*
P163. La Mère du printemps (L'Oum-er-Bia) *par Driss Chraïbi*
P164. Portrait de groupe avec dame, *par Heinrich Böll*
P165. Nécropolis, *par Herbert Lieberman*
P166. Les Soleils des indépendances *par Ahmadou Kourouma*
P167. La Bête dans la jungle, *par Henry James*
P168. Journal d'une Parisienne, *par Françoise Giroud*
P169. Ils partiront dans l'ivresse, *par Lucie Aubrac*
P170. Le Divin Enfant, *par Pascal Bruckner*
P171. Les Vigiles, *par Tahar Djaout*
P172. Philippe et les Autres, *par Cees Nooteboom*
P173. Far Tortuga, *par Peter Matthiessen*
P174. Le Dieu manchot, *par José Saramago*
P175. Molière ou la Vie de Jean-Baptiste Poquelin *par Alfred Simon*
P176. Saison violente, *par Emmanuel Roblès*
P177. Lunes de fiel, *par Pascal Bruckner*
P178. Le Voyage à Paimpol, *par Dorothée Letessier*
P179. L'Aube, *par Elie Wiesel*
P180. Le Fils du pauvre, *par Mouloud Feraoun*
P181. Red Fox, *par Anthony Hyde*
P182. Enquête sous la neige, *par Michael Malone*
P183. Cœur de lièvre, *par John Updike*
P184. La Joyeuse Bande d'Atzavara *par Manuel Vázquez Montalbán*
P185. Le Petit Monde de Don Camillo *par Giovanni Guareschi*
P186. Le Temps des Italiens, *par François Maspero*
P187. Petite, *par Geneviève Brisac*
P188 La vie me fait peur, *par Jean-Paul Dubois*

P189. Quelques Minutes de bonheur absolu
par Agnès Desarthe
P190. La Lyre d'Orphée, *par Robertson Davies*
P191. Pourquoi lire les classiques, *par Italo Calvino*
P192. Franz Kafka ou le Cauchemar de la raison, *par Ernst Pawel*
P193. Nos médecins, *par Hervé Hamon*
P194. La Déroute des sexes, *par Denise Bombardier*
P195. Les Flamboyants, *par Patrick Grainville*
P196. La Crypte des capucins, *par Joseph Roth*
P197. Je vivrai l'amour des autres, *par Jean Cayrol*
P198. Le Crime des pères, *par Michel del Castillo*
P199. Les Cahiers de Malte Laurids Brigge
par Rainer Maria Rilke
P200. Port-Soudan, *par Olivier Rolin*
P201. Portrait de l'artiste en jeune chien, *par Dylan Thomas*
P202. La Belle Hortense, *par Jacques Roubaud*
P203. Les Anges et les Faucons, *par Patrick Grainville*
P204. Autobiographie de Federico Sánchez, *par Jorge Semprún*
P205. Le Monarque égaré, *par Anne-Marie Garat*
P206. La Guérilla du Che, *par Régis Debray*
P207. Terre-Patrie, *par Edgar Morin et Anne-Brigitte Kern*
P208. L'Occupation américaine, *par Pascal Quignard*
P209. La Comédie de Terracina, *par Frédéric Vitoux*
P210. Une jeune fille, *par Dan Franck*
P211. Nativités, *par Michèle Gazier*
P212. L'Enlèvement d'Hortense, *par Jacques Roubaud*
P213. Les Secrets de Jeffrey Aspern, *par Henry James*
P214. Annam, *par Christophe Bataille*
P215. Jimi Hendrix. Vie et légende, *par Charles Shaar Murray*
P216. Docile, *par Didier Decoin*
P217. Le Dernier des Justes, *par André Schwarz-Bart*
P218. Aden Arabie, *par Paul Nizan*
P219. Dialogues des Carmélites, *par Georges Bernanos*
P220. Gaston Gallimard, *par Pierre Assouline*
P221. John l'Enfer, *par Didier Decoin*
P222. Trente Mille Jours, *par Maurice Genevoix*
P223. Cent Ans de chanson française
par Chantal Brunschwig, Jean-Louis Calvet
et Jean-Claude Klein
P224. L'Exil d'Hortense, *par Jacques Roubaud*
P225. La Grande Maison, *par Mohammed Dib*

P226. Une mort en rouge, *par Walter Mosley*
P227. N'en faites pas une histoire, *par Raymond Carver*
P228. Les Quatre Faces d'une histoire, *par John Updike*
P229. Moustiques, *par William Faulkner*
P230. Mortelle, *par Christopher Frank*
P231. Ceux de 14, *par Maurice Genevoix*
P232. Le Baron perché, *par Italo Calvino*
P233. Le Tueur et son ombre, *par Herbert Lieberman*
P234. La Nuit du solstice, *par Herbert Lieberman*
P235. L'Après-Midi bleu, *par William Boyd*
P236. Le Sémaphore d'Alexandrie, *par Robert Solé*
P237. Un nom de torero, *par Luis Sepúlveda*
P238. Halloween, *par Lesley Glaister*
P239. Un bonheur mortel, *par Anne Fine*
P240. Mésalliance, *par Anita Brookner*
P241. Le Vingt-Septième Royaume, *par Alice Thomas Ellis*
P242. Le Sucre et autres récits, *par Antonia S.Byatt*
P243. Le Dernier Tramway, *par Nedim Gürsel*
P244. Une enquête philosophique, *par Philippe Ken*
P245. Un homme peut en cacher un autre, *par Andreu Martín*
P246. A l'ouest d'Allah, *par Gilles Kepel*
P247. Nedjma, *par Kateb Yacine*
P248. Le Prochain sur la liste, *par Dan Greenburg*
P249. Les Chambres de bois, *par Anne Hébert*
P250. La Nuit du décret, *par Michel del Castillo*
P251. Malraux, une vie dans le siècle, *par Jean Lacouture*
P252. Une année en Provence, *par Peter Mayle*
P253. Cap Horn, *par Francisco Coloane*
P254. Eldorado 51, *par Marc Trillard*
P255. Juan sans terre, *par Juan Goytisolo*
P256. La Dynastie des Rothschild, *par Herbert Lottman*
P257. La Trahison des Lumières, *par Jean-Claude Guillebaud*
P258. Je suis vivant et vous êtes morts, *par Emmanuel Carrère*
P259. Minuit passé, *par David Laing Dawson*
P260. Le Guépard, *par Giuseppe Tomasi di Lampedusa*
P261. Remise de peine, *par Patrick Modiano*
P262. L'Honneur perdu de Katharina Blum, *par Heinrich Böll*
P263. Un loup est un loup, *par Michel Folco*
P264. Daddy's Girl, *par Janet Inglis*
P265. Une liaison dangereuse, *par Hella S.Haasse*
P266. Sombre Sentier, *par Dominique Manotti*

P267. Ténèbres sur Jacksonville, *par Brigitte Aubert*
P268. Blackburn, *par Bradley Denton*
P269. La Glace noire, *par Michael Connelly*
P270. La Couette, *par Camille Todd*
P271. Le Petit Mitterrand illustré, *par Plantu*
P272. Le Train vert, *par Herbert Lieberman*
P273. Les Villes invisibles, *par Italo Calvino*
P274. Le Passage, *par Jean Reverzy*
P275. La Couleur du destin, *par Franco Lucentini et Carlo Fruttero*
P276. Gérard Philipe, *par Gérard Bonal*
P277. Petit Dictionnaire pour lutter contre l'extrême droite *par Martine Aubry et Olivier Duhamel*
P278. Le premier amour est toujours le dernier *par Tahar Ben Jelloun*
P279. La Plage noire, *par François Maspero*
P280. Dixie, *par Julien Green*
P281. L'Occasion, *par Juan José Saer*
P282. Le diable t'attend, *par Lawrence Block*
P283. Les cancres n'existent pas, *par Anny Cordié*
P284. Tous les fleuves vont à la mer, *par Elie Wiesel*
P285. Parias, *par Pascal Bruckner*
P286. Le Baiser de la femme-araignée, *par Manuel Puig*
P287. Gargantua, *par François Rabelais*
P288. Pantagruel, *par François Rabelais*
P289. La Cocadrille, *par John Berger*
P290. Senilità, *par Italo Svevo*
P291. Le Bon Vieux et la Belle Enfant, *par Italo Svevo*
P292. Carla's Song, *par Ken Loach*
P293. Hier, *par Agota Kristof*
P294. L'Orgue de Barbarie, *par Bernard Chambaz*
P295. La Jurée, *par George Dawes Green*
P296. Siam, *par Morgan Sportès*
P297. Une saison dans la vie d'Emmanuel, *par Marie-Claire Blais*
P298. Smilla et l'Amour de la neige, *par Peter Høeg*
P299. Mal et Modernité, *suivi de* Vous avez une tombe au creux des nuages *par Jorge Semprún*
P300. Vidal et les Siens, *par Edgar Morin*
P301. Dieu et nous seuls pouvons, *par Michel Folco*
P302. La Mulâtresse Solitude, *par André Schwarz-Bart*

P303. Les Lycéens, *par François Dubet*
P304. L'Arbre à soleils, *par Henri Gougaud*
P305. L'Homme à la vie inexplicable, *par Henri Gougaud*
P306. Bélibaste, *par Henri Gougaud*
P307. Joue-moi quelque chose, *par John Berger*
P308. Flamme et Lilas, *par John Berger*
P309. Histoires du Bon Dieu, *par Rainer Maria Rilke*
P310. In extremis *suivi de* La Condition, *par Henri James*
P311. Héros et Tombes, *par Ernesto Sábato*
P312. L'Ange des ténèbres, *par Ernesto Sábato*
P313. Acid Test, *par Tom Wolfe*
P314. Un plat de porc aux bananes vertes *par Simone et André Schwarz-Bart*
P315. Prends soin de moi, *par Jean-Paul Dubois*
P316. La Puissance des mouches, *par Lydie Salvayre*
P317. Le Tiers Livre, *par François Rabelais*
P318. Le Quart Livre, *par François Rabelais*
P319. Un enfant de la balle, *par John Irving*
P320. A la merci d'un courant violent, *par Henry Roth*
P321. Tony et Susan, *par Austin Wright*
P322. La Foi du charbonnier, *par Marguerite Gentzbittel*
P323. Les Armes de la nuit *et* La Puissance du jour *par Vercors*
P324. Voltaire le conquérant, *par Pierre Lepape*
P325. Frère François, *par Julien Green*
P326. Manhattan terminus, *par Michel Rio*
P327. En Russie, *par Olivier Rolin*
P328. Tonkinoise..., *par Morgan Sportès*
P329. Peau de lapin, *par Nicolas Kieffer*
P330. Notre jeu, *par John le Carré*
P331. Brésil, *par John Updike*
P332. Fantômes et Cie, *par Robertson Davies*
P333. Sofka, *par Anita Brookner*
P334. Chienne d'année, *par Françoise Giroud*
P335. Nos hommes, *par Denise Bombardier*
P336. Parlez-moi de la France, *par Michel Winock*
P337. Apolline, *par Dan Franck*
P338. Le Lien, *par Patrick Grainville*
P339. Moi, Franco, *par Manuel Vázquez Montalbán*
P340. Ida, *par Gertrude Stein*
P341. Papillon blanc, *par Walter Mosley*

P342. Le Bonheur d'apprendre, *par François de Closets*
P343. Les Écailles du ciel, *par Tierno Monénembo*
P344. Une tempête, *par Aimé Césaire*
P345. Kamouraska, *par Anne Hébert*
P346. La Journée d'un scrutateur, *par Italo Calvino*
P347. Le Tambour, *par Günter Grass*
P348. La Minute nécessaire de monsieur Cyclopède *par Pierre Desproges*
P349. Fort Saganne, *par Louis Gardel*
P350. Un secret sans importance, *par Agnès Desarthe*
P351. Les Millions d'arlequin, *par Bohumil Hrabal*
P352. La Mort du lion, *par Henry James*
P353. Une sage femme, *par Kaye Gibbons*
P354. Dans un jardin anglais, *par Anne Fine*
P355. Les Oiseaux du ciel, *par Alice Thomas Ellis*
P356. L'Ange traqué, *par Robert Crais*
P357. L'Homme symbiotique, *par Joël de Rosnay*
P358. Moha le fou, Moha le sage, *par Tahar Ben Jelloun*
P359. Les Yeux baissés, *par Tahar Ben Jelloun*
P360. L'Arbre d'amour et de sagesse, *par Henri Gougaud*
P361. L'Arbre aux trésors, *par Henri Gougaud*
P362. Le Vertige, *par Evguénia S.Guinzbourg*
P363. Le Ciel de la Kolyma (Le Vertige, II) *par Evguénia S.Guinzbourg*
P364. Les hommes cruels ne courent pas les rues *par Katherine Pancol*
P365. Le Pain nu, *par Mohamed Choukri*
P366. Les Lapins du commandant, *par Nedim Gürsel*
P367. Provence toujours, *par Peter Mayle*
P368. La Promeneuse d'oiseaux, *par Didier Decoin*
P369. Un hiver en Bretagne, *par Michel Le Bris*
P370. L'Héritage Windsmith, *par Thierry Gandillot*
P371. Dolly, *par Anita Brookner*
P372. Autobiographie d'un cheval, *par John Hawkes*
P373. Châteaux de la colère, *par Alessandro Baricco*
P374. L'Amant du volcan, *par Susan Sontag*
P375. Chroniques de la haine ordinaire, *par Pierre Desproges*
P376. La Prière de l'absent, *par Tahar Ben Jelloun*
P377. La Plus Haute des solitudes, *par Tahar Ben Jelloun*
P378. Scarlett, si possible, *par Katherine Pancol*
P379. Journal, *par Jean-René Huguenin*

P380. Le Polygone étoilé, *par Kateb Yacine*
P381. La Chasse au lézard, *par William Boyd*
P382. Texas (tome 1), *par James A.Michener*
P383. Texas (tome 2), *par James A.Michener*
P384. Vivons heureux en attendant la mort, *par Pierre Desproges*
P385. Le Fils de l'ogre, *par Henri Gougaud*
P386. La neige tombait sur les cèdres, *par David Guterson*
P387. Les Seigneurs du thé, *par Hella S. Haasse*
P388. La Fille aux yeux de Botticelli, *par Herbert Lieberman*
P389. Tous les hommes morts, *par Lawrence Block*
P390. La Blonde en béton, *par Michael Connelly*
P391. Palomar, *par Italo Calvino*
P392. Sous le soleil jaguar, *par Italo Calvino*
P393. Félidés, *par Akif Pirinçci*
P394. Trois Heures du matin à New York, *par Herbert Lieberman*
P395. La Maison près du marais, *par Herbert Lieberman*
P396. Le Médecin de Cordoue, *par Herbert Le Porrier*
P397. La Porte de Brandebourg, *par Anita Brookner*
P398. Hôtel du Lac, *par Anita Brookner*
P399. Replay, *par Ken Grimwood*
P400. Chesapeake, *par James A. Michener*
P401. Manuel de savoir-vivre à l'usage des rustres et des malpolis *par Pierre Desproges*
P402. Le Rêve de Lucy *par Pierre Pelot et Yves Coppens (dessins de Liberatore)*
P403. Dictionnaire superflu à l'usage de l'élite et des bien nantis *par Pierre Desproges*
P404. La Mamelouka, *par Robert Solé*
P405. Province, *par Jacques-Pierre Amette*
P406. L'Arbre de vies, *par Bernard Chambaz*
P407. La Vie privée du désert, *par Michel Chaillou*
P408. Trop sensibles, *par Marie Desplechin*
P409. Kennedy et moi, *par Jean-Paul Dubois*
P410. Le Cinquième Livre, *par François Rabelais*
P411. La Petite Amie imaginaire, *par John Irving*
P412. La Vie des insectes, *par Viktor Pelevine*
P413. La Décennie Mitterrand, 3. Les Défis *par Pierre Favier et Michel Martin-Roland*
P414. La Grimace, *par Heinrich Böll*
P415. La Famille de Pascal Duarte, *par Camilo José Cela*
P416. Cosmicomics, *par Italo Calvino*

P417. Le Chat et la Souris, *par Günter Grass*
P418. Le Turbot, *par Günter Grass*
P419. Les Années de chien, *par Günter Grass*
P420. L'Atelier du peintre, *par Patrick Grainville*
P421. L'Orgie, la Neige, *par Patrick Grainville*
P422. Topkapi, *par Eric Ambler*
P423. Le Nouveau Désordre amoureux
par Pascal Bruckner et Alain Finkielkraut
P424. Un homme remarquable, *par Robertson Davies*
P425. Le Maître de chasse, *par Mohammed Dib*
P426. El Guanaco, *par Francisco Coloane*
P427. La Grande Bonace des Antilles, *par Italo Calvino*
P428. L'Écrivain public, *par Tahar Ben Jelloun*
P429. Indépendance, *par Richard Ford*
P430. Les Trafiquants d'armes, *par Eric Ambler*
P431. La Sentinelle du rêve, *par René de Ceccatty*
P432. Tuons et créons, c'est l'heure, *par Lawrence Block*
P433. Textes de scène, *par Pierre Desproges*
P434. François Mitterrand, *par Franz-Olivier Giesbert*
P435. L'Héritage Schirmer, *par Eric Ambler*
P436. Ewald Tragy et autres récits de jeunesse
par Rainer Maria Rilke
P437. Histoires pragoises, *par Rainer Maria Rilke*
P438. L'Admiroir, *par Anny Duperey*
P439. Une trop bruyante solitude, *par Bohumil Hrabal*
P440. Temps zéro, *par Italo Calvino*
P441. Le Masque de Dimitrios, *par Eric Ambler*
P442. La Croisière de l'angoisse, *par Eric Ambler*
P443. Milena, *par Margarete Buber-Neumann*
P444. La Compagnie des loups et autres nouvelles
par Angela Carter
P445. Tu vois, je n'ai pas oublié
par Hervé Hamon et Patrick Rotman
P446. Week-end de chasse à la mère
par Geneviève Brisac
P447. Un cercle de famille, *par Michèle Gazier*
P448. Étonne-moi, *par Guillaume Le Touze*
P449. Le Dimanche des réparations, *par Sophie Chérer*
P450. La Suisse, l'Or et les Morts, *par Jean Ziegler*
P451. L'Humanité perdue, *par Alain Finkielkraut*
P452. Abraham de Brooklyn, *par Didier Decoin*

P454. Les Immémoriaux, *par Victor Segalen*
P455. Moi d'abord, *par Katherine Pancol*
P456. Traité du zen et de l'entretien des motocyclettes *par Robert H.Pirsig*
P457. Un air de famille, *par Michael Ondaatje*
P458. Les Moyens d'en sortir, *par Michel Rocard*
P459. Le Mystère de la crypte ensorcelée, *par Eduardo Mendoza*
P460. Le Labyrinthe aux olives, *par Eduardo Mendoza*
P461. La Vérité sur l'affaire Savolta, *par Eduardo Mendoza*
P462. Les Pieds-bleus, *par Claude Ponti*
P463. Un paysage de cendres, *par Élisabeth Gille*
P464. Un été africain, *par Mohammed Dib*
P465. Un rocher sur l'Hudson, *par Henry Roth*
P466. La Misère du monde, *sous la direction de Pierre Bourdieu*
P467. Les Bourreaux volontaires de Hitler *par Daniel Jonah Goldhagen*
P468. Casting pour l'enfer, *par Robert Crais*
P469. La Saint-Valentin de l'homme des cavernes *par George Dawes Green*
P470. Loyola's blues, *par Erik Orsenna*
P472. Les Adieux, *par Dan Franck*
P473. La Séparation, *par Dan Franck*
P474. Ti Jean L'horizon, *par Simone Schwarz-Bart*
P475. Aventures, *par Italo Calvino*
P476. Le Château des destins croisés, *par Italo Calvino*
P477. Capitalisme contre capitalisme, *par Michel Albert*
P478. La Cause des élèves, *par Marguerite Gentzbittel*
P479. Des femmes qui tombent, *par Pierre Desproges*
P480 Le Destin de Nathalie X, *par William Boyd*
P481. Le Dernier Mousse, *par Francisco Coloane*
P482. Jack Frusciante a largué le groupe, *par Enrico Brizzi*
P483. La Dernière Manche, *par Emmett Grogan*
P484. Les Lauriers du lac de Constance, *par Marie Chaix*
P485. Les Fous de Bassan, *par Anne Hébert*
P486. Collection de sable, *par Italo Calvino*
P487. Les étrangers sont nuls, *par Pierre Desproges*
P488. Trainspotting, *par Irvine Welsh*
P489. Suttree, *par Cormac McCarthy*
P490. De si jolis chevaux, *par Cormac McCarthy*
P491. Traité des passions de l'âme, *par António Lobo Antunes*
P492. N'envoyez plus de roses, *par Eric Ambler*

P493. Le corps a ses raisons, *par Thérèse Bertherat*
P494. Le Neveu d'Amérique, *par Luis Sepúlveda*
P495. Mai 68, histoire des événements
par Laurent Joffrin
P496. Que reste-t-il de Mai 68 ?,
essai sur les interprétations des « événements »
par Henri Weber
P497. Génération
1. Les années de rêve
par Hervé Hamon et Patrick Rotman
P498. Génération
2. Les années de poudre
par Hervé Hamon et Patrick Rotman
P499. Eugène Oniéguine, *par Alexandre Pouchkine*
P500. Montaigne à cheval, *par Jean Lacouture*
P501. Le Mendiant de Jérusalem, *par Elie Wiesel*
P502. … Et la mer n'est pas remplie, *par Elie Wiesel*
P503. Le Sourire du chat, *par François Maspero*
P504. Merlin, *par Michel Rio*
P505. Le Semeur d'étincelles, *par Joseph Bialot*
P506. Hôtel Pastis, *par Peter Mayle*
P507. Les Éblouissements, *par Pierre Mertens*
P508. Aurélien, Clara, mademoiselle et le lieutenant anglais
par Anne Hébert
P509. Dans la plus stricte intimité, *par Myriam Arissimov*
P510. Éthique à l'usage de mon fils, par *Fernando Savater*
P511. Aventures dans le commerce des peaux en Alaska
par John Hawkes
P512. L'Incendie de Los Angeles, *par Nathanaël West*
P513. Montana Avenue, *par April Smith*
P514. Mort à la Fenice, *par Donna Leon*
P515. Jeunes Années, t. 1, *par Julien Green*
P516. Jeunes Années, t. 2, *par Julien Green*
P517. Deux Femmes, *par Frédéric Vitoux*
P518. La Peau du tambour, *par Arturo Perez-Reverte*
P519. L'Agonie de Proserpine, *par Javier Tomeo*
P520. Un jour je reviendrai, *par Juan Marsé*
P521. L'Étrangleur, *par Manuel Vázquez Montalbán*
P522. Gais-z-et-contents, *par Françoise Giroud*
P523. Teresa l'après-midi, *par Juan Marsé*
P524. L'Expédition, *par Henri Gougaud*

P525. Le Grand Partir, *par Henri Gougaud*
P526. Le Tueur des abattoirs et autres nouvelles
par Manuel Vázquez Montalbán
P527. Le Pianiste, *par Manuel Vázquez Montalbán*
P528. Mes démons, *par Edgar Morin*
P529. Sarah et le Lieutenant français, *par John Fowles*
P530. Le Détroit de Formose, *par Anthony Hyde*
P531. Frontière des ténèbres, *par Eric Ambler*
P532. La Mort des bois, *par Brigitte Aubert*
P533. Le Blues du libraire, *par Lawrence Block*
P534. Le Poète, *par Michael Connelly*
P535. La Huitième Case, *par Herbert Lieberman*
P536. Bloody Waters, *par Carolina Garcia-Aguilera*
P537. Monsieur Tanaka aime les nymphéas
par David Ramus
P538. Place de Sienne, côté ombre
par Carlo Fruttero et Franco Lucentini
P539. Énergie du désespoir, *par Eric Ambler*
P540. Épitaphe pour un espion, *par Eric Ambler*
P541. La Nuit de l'erreur, *par Tahar Ben Jelloun*
P542. Compagnons de voyage, *par Hubert Reeves*
P543. Les amandiers sont morts de leurs blessures
par Tahar Ben Jelloun
P544. La Remontée des cendres, *par Tahar Ben Jelloun*
P545. La Terre et le Sang, *par Mouloud Feraoun*
P546. L'Aurore des bien-aimés, *par Louis Gardel*
P547. L'Éducation féline, *par Bertrand Visage*
P548. Les Insulaires, *par Christian Giudicelli*
P549. Dans un miroir obscur, *par Jostein Gaarder*
P550. Le Jeu du roman, *par Louise L.Lambrichs*
P551. Vice-versa, *par Will Self*
P552. Je voudrais vous dire, *par Nicole Notat*
P553. François, *par Christina Forsne*
P554. Mercure rouge, *par Reggie Nadelson*
P555. Même les scélérats…, *par Lawrence Block*
P556. Monnè, Outrages et Défis, *par Ahmadou Kourouma*
P557. Les Grosses Rêveuses, *par Paul Fournel*
P558. Les Athlètes dans leur tête, *par Paul Fournel*
P559. Allez les filles !
par Christian Baudelot et Roger Establet
P560. Quand vient le souvenir, *par Saul Friedländer*